D1306908

Nigelle
par tous les temps

Jean-Louis Trudel

MÉDIASPAUL

Les Éditions Médiaspaul remercient le Ministère du Patrimoine canadien, le Conseil des Arts du Canada et la Société de développement des entreprises culturelles du Québec (SODEC) pour le soutien qui leur est accordé dans le cadre des Programmes d'aide à l'édition.

Données de catalogage avant publication

Trudel, Jean-Louis, 1967-

    Nigelle par tous les temps

    (Jeunesse-pop; 135)

    ISBN 2-89420-405-1

    I. Titre. II. Collection: Collection Jeunesse-pop; 135.

PS8589.R717N53 2000   jC843'.54   C00-940051-6
PS9589.R717N53 2000
PZ23.T78Ni 2000

Composition et mise en page: *Médiaspaul*

Illustration de la couverture: *Charles Vinh*

ISBN 2-89420-405-1

Dépôt légal — 1er trimestre 2000
Bibliothèque nationale du Québec
Bibliothèque nationale du Canada

© 2000 Médiaspaul
        3965, boul. Henri-Bourassa Est
        Montréal, QC, H1H 1L1 (Canada)
        www.mediaspaul.qc.ca
        mediaspaul@mediaspaul.qc.ca

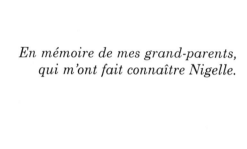

*En mémoire de mes grand-parents,
qui m'ont fait connaître Nigelle.*

Cet ouvrage incorpore, sous une forme assez diffé-
rente, le texte de la nouvelle intitulée «Les chaînes de saint Léonard», publiée dans le périodique
Temps Tôt en 1995.

Prologue

14 février 2000, Cap-Fantôme

Chère Stéphanie,

Cela s'est passé il y aura bientôt dix ans. Ce soir, alors que je voudrais être près de toi, je passe plutôt la nuit dans un motel au bord de la route. Tout seul.

Et quand je reste seul, les souvenirs me tourmentent. J'entends la voix d'une femme qui n'est pas toi et je me demande si... Tout à l'heure, j'ai marché dans les rues désertes du village. En foulant la neige tombée aujourd'hui, j'avais l'impression de marcher sur sa peau immaculée. Sur la peau de la Dame Blanche...

Et puis, j'ai pensé à toi. La voix qui me soufflait des mots incompréhensibles à l'oreille s'est tue. Je ne t'enverrai pas cette lettre, mais il fallait que je l'écrive, Stéphanie.

À toi pour toujours,

Michel

1

Michel Paradis, dix ans plus tôt

L'Orne est un des départements les moins peuplés de France. La campagne y a tous les droits, sauf celui d'attirer les touristes. Ils préfèrent traverser ou contourner les paysages verdoyants de l'Orne pour se rendre à Saint-Malo ou au Mont-Saint-Michel. Ou pour voir les plages du débarquement, au bord de la Manche.

Mais je ne suis pas un touriste comme les autres. Non seulement je viens de loin — du Canada — mais j'ai choisi ce département qu'on ne visite jamais.

Ainsi, je me réveille ce matin au cœur de l'Orne, à deux pas d'Alençon, charmante capitale d'une contrée oubliée par le temps et les chemins de fer. J'occupe un lit à deux étages dans une chambre proprette qui en comporte trois autres, tout à fait vides. Luxe suprême dans une auberge de jeunesse, je vais pouvoir monopoliser la salle de bain.

Je commence par ouvrir la fenêtre pour laisser entrer le soleil de juin et les roucoulements des oiseaux. Je respire l'air matinal en dévorant du regard le jardin, son gazon humide de rosée et ses hêtres au tronc bosselé. Un grand sourire me colle au visage et je n'ai pas l'intention de l'en décoller.

Enfin! J'ai dix-huit ans et mes vacances commencent vraiment ce matin. Je crains presque de me secouer et de m'apercevoir que tout ça n'est qu'un mirage...

À chacun son rêve: il y en a qui désirent triompher d'un jeu vidéo et d'autres qui brûlent de remporter une médaille dans leur sport favori ou de mettre la main sur l'album introuvable de leur idole. Beaucoup espèrent un mot gentil de la personne qu'ils aiment et quelques-uns souhaitent faire le tour du monde... Ce sont des projets qui nous arrachent à la salle de classe quand on imagine les applaudissements de la foule, le sourire de la personne aimée, le vent qui balaie une falaise battue par la mer...

Oubliés les devoirs! Disparus les enseignants! Mais quand on se réveille en constatant qu'on n'a pas bougé, on a la rage au ventre et les jambes que démange l'envie de partir.

Moi, je rêvais depuis des années de traverser la France à pied, sac au dos, avec une carte mais sans itinéraire. Maintenant, la route m'attend à la sortie de cette vieille demeure que j'ai l'impression d'avoir à moi tout seul.

Une fois habillé, je me charge de mon sac — une courroie capitonnée ceinture mes hanches, une seconde se boucle à la hauteur de la poitrine. Je récupère dans la glacière ma bouteille d'eau à moitié gelée et je sors en refermant la porte sans bruit. Le bout de mon bâton de marche résonne sur la surface de la route.

Un peu incongrues au bord de la rue asphaltée, les carrioles de l'auberge de jeunesse sont alignées sur un trottoir. Moyennant une somme rondelette, les visiteurs peuvent en louer une pour la semaine et sillonner la campagne environnante en se prenant pour des saltimbanques du Moyen Âge.

Mais, moi, les chevaux...

Un petit arrêt au bistrot du coin s'impose pour acheter le journal, engloutir un croissant et siroter un café bien noir. La route est longue et rien ne me presse. Quand je pousse la porte, le propriétaire lance:

— Bonjour, monsieur! Alors, on voyage?

— Bonjour! C'est comme vous voyez...

Avec les Français, j'ai appris à sacrifier aux rituels de la politesse. Ça m'agace parfois. Ma réponse est à la limite de l'impertinence. Ne voit-il pas que j'ai un sac à dos? Mais ne rien dire, c'est s'exposer à passer pour un malappris.

— Qu'est-ce que je vous sers?

Je commande un café et je jette un coup d'œil au quotidien régional qui traîne sur le comptoir. C'est un vieux numéro de l'*Ouest-France*, daté du lundi 18 juin, il y a trois jours...

Le journal fait grand cas d'un anniversaire historique. Cela fait cinquante ans exactement qu'un certain général Charles de Gaulle a lancé la résistance française contre l'envahisseur nazi. Si j'étais encore au Canada, j'oublierais l'anniversaire tout de suite. Mais, là, au cœur de l'Orne, je sens un frisson remonter ma colonne vertébrale...

J'ai la carte de la Normandie dans ma tête. Je sais que je suis entouré de rappels du passé. Au nord, les plages du débarquement. À l'est, ce champ où vient d'exploser une vieille bombe anglaise, selon le journal, faisant croire brièvement à un ovni ou à une météorite. Et moi, je suis à Alençon, traversée par une division blindée au complet lors des combats en 1944...

J'éprouve tout d'un coup le sentiment de me trouver au centre d'un entrecroisement de forces mystérieuses, comme si je ne pouvais pas être ailleurs ce matin. Je cligne des yeux, les oreilles bourdonnantes. Le bruissement qui emplit ma tête n'est qu'un écho de la ruée du sang dans mes veines, ou peut-être l'élan de l'air expulsé de mes poumons. Pourtant, je crois distinguer un appel dans ce murmure. Comme si quelqu'un m'attendait...

— Vous ne voulez pas le journal du jour? me demande le patron.

— Non, non, plus maintenant... dis-je faiblement.

Le patron hoche la tête. Il s'en soucie comme de sa première sucette, mais je n'ai plus envie d'acheter le journal d'aujourd'hui. Les articles ressuscitent un morceau d'histoire et j'ai peur de me faire prendre au piège du passé. J'ignore pourquoi, mais je me sens concerné, comme si les mâchoires du piège allaient se refermer sur moi d'un moment à l'autre.

Je suis si loin de chez moi.

Et puis je hausse mes épaules alourdies par les douze kilos du sac. En route! Ce qui est arrivé il y a cinquante ans ne m'intéresse pas. Le passé est mort.

— Vous allez loin?

— Le Mont-Saint-Michel, tôt ou tard...

— Bonne route! me souhaite le brave homme derrière son comptoir.

Je salue de la main. Le Mont-Saint-Michel est un peu loin à pied, mais je vise au moins Carrouges, à une trentaine de kilomètres d'ici.

Je marche d'abord vers le sud.

Ce n'est pas le chemin le plus court, mais je tiens à éviter la grand-route avec ses poids lourds, ses vapeurs d'essence et ses conducteurs trop pressés. Une route secondaire à travers champs m'emmène d'abord vers Lonrai, tel qu'annoncé par un vieux panneau de fer mangé par la rouille.

Le soleil brille entre les nuages. La petite route fait un coude à travers un lotissement résidentiel presque désert et un peu déplacé au milieu des champs de maïs encore verts et vigoureux, que le soleil cassera bientôt.

De l'autre côté de la route nationale, je retrouve la même petite route. C'est un chemin tel que j'en rêvais et un matin aussi tranquille que l'heure de pointe est bruyante, dans des villes très loin de moi...

Il n'y a rien de plus plaisant que ces routes de campagne qui desservent des fermes et des hameaux portant des noms comme Mieuxcé ou Saint-Pierre-des-Nids. Parfois, les carrefours sont encore indiqués par des panneaux calligraphiés à l'ancienne, dont le métal corrodé a fait disparaître les flèches qui indiquaient la direction de tel ou tel lieu-dit à la distance donnée. Ce sont des routes étroites, si étroites qu'un piéton et une voiture n'ont pas la place pour passer en même temps.

Les bas-côtés sont des rubans de graviers qui se confondent avec les fossés ou les haies, mais il s'agit de fossés et de haies pour rire, qui se traversent d'un bond. De l'autre côté, c'est un champ de blé qui mûrit ou un pâturage. De toute cette terre vallonnée, dont les replis cachent souvent des fermes abandonnées et d'autres routes en lacets, monte le bruissement continuel de la vie des insectes. En plein soleil, le crissement des insectes est si fort qu'il peut couvrir le bruit discret des voitures qui viennent.

Non, vraiment, rien dans ce cadre champêtre ne laissait prévoir l'explosion qui éclate derrière moi, au beau milieu de la matinée.

Quand le son m'atteint, je rentre les épaules et la tête, comme si ça pouvait me protéger. Heureusement, tout ce qui tombe du ciel, ce sont des grains de poussière et de terre noire, qui crépitent sur la toile de mon sac comme de la grêle. J'en attrape aussi plein mes cheveux et je me protège les yeux avec mon bras.

Lorsque les échos de l'explosion meurent au loin, je me redresse. Machinalement, je me retourne et je cherche du regard une voiture ou un camion.

C'est la première idée qui m'est venue, mais la route est déserte. Aucune trace d'une voiture en flammes ou d'un camion au pneu éclaté.

Par contre, une colonne de fumée bleuâtre s'élève d'un champ tout proche. Un instant, je me demande si je suis entré dans une zone de tir où atterrissent des obus égarés... Ou si j'ai failli être frappé par une météorite tombée de l'espace!

Et puis je me souviens de l'entrefilet dans le journal. C'est sans doute une vieille bombe ou mine enterrée depuis la Seconde Guerre mondiale qui vient d'exploser. Un labourage plus vigoureux que d'habitude l'a-t-il rapprochée de la surface? La corrosion a-t-elle fatalement rongé le métal du détonateur? Ou est-ce un changement de température qui...

Comment le savoir?

J'hésite, puis je cède à ma curiosité. D'un bond, je saute le fossé au bord de la route et je m'enfonce dans le champ, en écartant les tiges de blé vert.

Le grand bruissement des insectes s'est tu. À ma grande surprise, je découvre un trou qui ne ressemble guère au cratère évasé que j'imaginais.

On dirait plutôt le début d'un puits. Les parois du trou sont droites. Si je ne sentais pas sur mon visage la chaleur dégagée par la terre noircie, je croirais à une farce, à un début de fosse creusé avec une pelle par Dieu sait qui...

Mes soupçons se renforcent lorsque j'aperçois quelque chose au fond du trou. Je dois m'agenouiller pour arracher à la terre argileuse ce qui s'y trouve depuis des années, voire des siècles. L'excitation rend mes gestes fébriles. Vais-je déterrer un trésor de pièces d'or? Une épée romaine? Ou peut-être un casque gaulois?

Mais l'objet enterré dépasse mes attentes. Je l'examine minutieusement avant de m'avouer vaincu. Il présente une énigme que je suis incapable de résoudre.

À la rigueur, je veux bien croire qu'un paysan d'autrefois aurait égaré une chaîne semblable dans un champ. L'herbe l'aurait cachée. L'orage l'aurait enfouie sous la boue. Le temps l'aurait enfoncée dans la terre meuble...

Ce que je n'arrive pas à comprendre, c'est pourquoi on aurait sculpté une chaîne dans la pierre!

Mais, au creux de mes mains, les maillons de pierre sont parfaitement réels. Le poli de la roche est exceptionnel, comme celui d'un marbre fin. À un bout de la chaîne, il y a un bracelet en deux parties, qui pourrait emprisonner une cheville ou un poignet. Pas trace de joint: il semble bien qu'on ait taillé ce bout de chaîne dans un seul bloc de roche.

Je me redresse. Il n'y avait personne tout à l'heure, mais quelqu'un a bien dû creuser ce trou, que ce soit à la main ou avec un explosif.

À tout hasard, j'appelle:

— Ohé? Il y a quelqu'un?

Personne ne répond, personne ne surgit d'une cachette invisible pour réclamer ma découverte.

Tant pis. Je glisse la chaîne dans mon sac et je reprends la route en me disant que le sort s'arrangera bien pour me renseigner.

Comme s'il m'avait entendu, le sort me guette à Pont-Percé. Je viens de traverser le nouveau pont où passe la départementale. De l'autre côté du cours d'eau, les maisons du hameau s'alignent de part et d'autre de la vieille route. Celle-ci devait aboutir autrefois au pont disparu qui a donné son nom à l'endroit.

Une voiture passe en klaxonnant et je réponds d'un grand geste de la main. Mon sac à dos porte une petite feuille d'érable rouge qui m'a déjà valu des salutations semblables.

La voiture produit un curieux bruit saccadé, auquel je ne porte aucune attention. Cent mètres plus loin, elle s'arrête au bord de la route.

Je me suis trompé: le conducteur a klaxonné parce qu'il a besoin d'aide.

— Bonjour! Pouvez-vous m'aider? J'ai une crevaison.

— Sûr!

Remplacer le pneu crevé ne prend pas de temps, pas plus que lier connaissance avec le conducteur, qui est un prêtre suppléant installé à Pacé, moins de quatre kilomètres plus loin.

— Je vous conduis jusqu'à Pacé, si vous le voulez bien, offre-t-il.

J'hésite, mais la départementale jusqu'à Pacé s'annonce très ordinaire. Et puis l'idée me vient de l'interroger sur cette curieuse chaîne en pierre que j'ai trouvée. S'il est de la région, il aura peut-être entendu parler de cas semblables.

— Eh bien, dis-je, si ça ne vous dérange pas trop...

En montant dans la voiture, je jette un coup d'œil derrière moi. Un sursaut manque de précipiter ma tête à la rencontre du cadre de la portière. Dans le verger qui longe la route, je viens d'apercevoir un homme habillé comme un moine médiéval. Malgré le soleil qui tape, l'inconnu a rabattu son capuchon de laine brune sur sa tête et je n'aperçois qu'une tache d'ombre à la place de son visage.

Mais quand je le cherche du regard, je ne le vois plus. Il a dû s'éclipser derrière un pommier... Lorsque la voiture démarre, j'interroge le prêtre au volant:

— Est-ce qu'il y a un monastère à Pont-Percé?

— Non. Le plus proche est à vingt kilomètres d'ici.

— Vous en êtes sûr?

— Je suis moi-même le supérieur d'une communauté installée à Arcisses, près de Nigelle, pour tout vous dire. Alors, vous pensez que je connais les monastères de la région! Mais pourquoi?

— J'ai cru voir...

Puis je secoue la tête, et je me tais. Je ne sais plus si je dois lui parler de ma trouvaille. Une explosion au milieu d'un champ, sans raison apparente? Une chaîne impossible retirée du fond d'un trou inexplicable? Un moine vagabond? Il va me prendre pour un fou!

À Pacé, l'abbé Victeur Gandelain me dépose sur le terre-plein devant l'église. J'en profite pour sortir ma bouteille et avaler une gorgée d'eau fraîche.

— Et de quoi déjeunerez-vous? demande-t-il en sortant à son tour du véhicule.

Je fais un geste vague:

— J'achèterai une demi-baguette de pain à Saint-Denis-sur-Sarthon. Ça me tiendra jusqu'à demain.

— Est-ce que je peux vous convaincre de déjeuner avec moi? J'ai une bouteille de cidre bouché...

— Ma foi... (Je souris.) C'est tentant. Et puis, vous venez de m'économiser une bonne heure de marche sur la départementale... Je serais ravi.

Le cidre est aussi bon que je l'espérais. Et les côtelettes de porc servies avec une portion généreuse de riz et de flageolets sont succulentes.

Nous parlons du Canada et de la France, de la survie de villages comme Pacé à l'ombre d'Alençon, des églises qui attirent maintenant des citadins qui vivent à la campagne et travaillent en ville.

Au bout d'un moment, le silence retombe. Nous n'avons décidément pas grand-chose en commun.

Moi, à dix-huit ans, c'est le futur qui m'intéresse. À mon retour au Canada, j'entamerai des études en physique à l'université. Les paysages vieillots de la campagne française me fascinent parce qu'ils sont si différents des laboratoires où je veux travailler. Dans ce pays où le passé surgit sous mes pas, je suis un poisson hors de l'eau.

Mon hôte aussi semble à court de questions.

Lui approche de la quarantaine, la barbe grisonnante mais la mine solide. Il a la carrure d'un campagnard et le calme un peu détaché d'un prêtre à l'aise dans sa vocation.

Mon regard fait le tour de la pièce. Les fenêtres de sa cuisine s'ornent de rideaux de fine dentelle, qui reproduisent un paysage pastoral de moulins à vent et de jeunes paysannes en jupes bouffantes. Mes yeux se posent alors sur le tableau en face de moi. Sa facture me semble d'abord naïve, mais la composition est curieuse et le canevas remplit presque tout un pan de mur.

Les questions se bousculent tout de suite en moi.

Qui est mort? Quel corps remplit ce cercueil de bois foncé, posé sur un brancard orné de rubans multicolores que le vent tord comme les flammèches d'un feu indocile? Le tout doit être lourd, puisque les porteurs l'ont déposé pour souffler un peu.

Vers quel cimetière l'emmène-t-on et pourquoi mérite-t-il une telle escorte? Qui sont tous ces gens? Qui est cette jeune femme aux cheveux fous, vêtue comme d'un uniforme et jetant des regards éperdus dans la direction prise par le cortège? Pourquoi ses compagnons sont-ils réunis autour d'elle, négligeant le cercueil à moitié recouvert d'un étendard inconnu plié en deux? Et qui sont ces hommes qui arrivent, distants et sinistres, gravissant le flanc de la colline où s'est arrêté le brancard?

Où se trouvent-ils donc tous, les uns comme les autres? Quel est ce pays où le vent ramène des nuages d'un jaune sulfureux? Quelles sont ces collines allongées en travers de la plaine, dénudées au point de faire paraître chaque arbuste comme un bois?

Le prêtre voit mon regard, devine mes questions et dit, me versant un autre verre de cidre:

— Certains tableaux ont leur légende, mais certaines légendes ont leur tableau... et il ne reste parfois d'une très vieille légende qu'une toile à moitié oubliée, peinte des siècles après les événements qu'elle représente.

C'est quand la légende est inconnue ou oubliée que ces tableaux sont les plus évocateurs.

— Et ce tableau-ci? je l'interromps.

— Ah, c'est une vieille légende du Perche, d'avant l'an mil! Quoique le tableau soit bien plus récent: un pur produit du romantisme du XIXe siècle. Le nom du peintre a été perdu, mais la légende est encore connue de quelques lettrés. On l'attribue à ces temps troublés entre la fin de l'Empire romain et l'époque de Guillaume le Conquérant, lorsqu'un duc ou un comte pouvait se prendre pour un roi, lorsque la religion ne s'était pas tout à fait détachée du paganisme antique, lorsque l'inexplicable passait volontiers pour de la magie ou de la sorcellerie...

Mais les détails historiques ne m'intéressent pas.

— Vous la connaissez, cette légende? je demande avidement, en me penchant vers lui.

— Ma foi, oui... C'est un peu l'histoire de la cathédrale écroulée de Nigelle et de la terrible Dame Blanche qui se réfugia dans la forêt de Bellême. Ça commence un soir de printemps au cœur du Perche...

2

Les chaînes de saint Léonard

Comme les autres enfants du village, Aquiline avait joué à se faire peur, se glissant avec Thibaut dans l'ancien cachot sous l'église. Du haut de l'escalier aux marches de pierre creusées par les siècles, les deux jouvenceaux avaient contemplé les chaînes dont les points d'attache marquaient les quatre coins d'un grand carré. Ils n'avaient jamais osé descendre. Ils frémissaient à l'idée même de toucher aux instruments maudits et ils sortaient de là en se remplissant les yeux de ciel bleu.

Mais Aquiline n'avait plus le choix. Elle n'avait pas cru que la fin de son enfance arriverait aussi vite...

À la lueur de la torche tenue par le prêtre, elle s'usa les yeux à examiner les chaînes. Les maillons étaient si vieux que l'usure des ans les avait polis comme seul le métal pouvait l'être. Le grain très fin de la pierre grise était à peine visible. Même les jouvenceaux les plus délurés n'osaient s'approcher aussi près des chaînes du miracle. Ils savaient qu'ils les verraient bien assez tôt.

Il y avait quatre chaînes. L'extrémité de chacune était solidement ancrée dans le plancher de vieux moellons romains. L'autre extrémité comportait un bracelet destiné à se refermer autour des poignets ou chevilles des enfants du village sur le point de devenir adultes...

Lorsque le prêtre se mit à resserrer les écrous des bracelets qui l'emprisonneraient pour une nuit ou pour une vie, Aquiline contracta tous ses muscles. Elle ne voulait pas trahir sa peur, mais ses membres raidis tremblèrent quand même. Un instant, le contact de la pierre lisse lui rappela les galets du ruisseau où elle avait gambadé fillette.

Le souvenir s'enfuit comme un lièvre effrayé et sa peur revint. Elle entendit à peine les dernières paroles du prêtre:

— Seigneur, vous avez répondu aux prières de saint Léonard alors qu'il était enchaîné ici-même dans ce cachot des païens d'antan. Vous l'avez libéré de ses chaînes, vous avez frappé de paralysie ses geôliers et vous avez manifesté votre toute-puissance en changeant le fer maudit de ses chaînes en pierre. Car c'est vous qui choisissez: victime ou bourreau. Nous vous prions aujourd'hui de nous accorder un signe et de nous montrer si cette jeune fille doit être comptée au nombre des brebis de mon troupeau. Que votre volonté soit faite sur la terre comme au ciel, jusqu'à la fin des temps. Amen.

Aquiline tremblait. Elle savait qu'elle serait confirmée dans la foi de l'Église au terme de la nuit, lorsque les démons qui hantent la jeunesse seraient exorcisés pour de bon par l'intercession de saint Léonard. Le Seigneur n'affligeait de paralysie que les menteurs et les maudits.

Une dernière fois, la voix du prêtre se fit entendre:

— Victime ou bourreau: le Seigneur choisit!

La lourde porte grinça en se refermant et fit trembler le plancher en heurtant le linteau. Le verrou, bien huilé, glissa sans bruit, mais Aquiline entendit les pas qui s'éloignaient. Il ne resta plus dans l'ancienne cellule qu'un filet de lumière qui filtrait sous la porte et qui s'amenuisa au gré de ses respirs rauques. Quand elle ne le vit plus même en écarquillant les yeux, elle sut qu'il faisait nuit.

Toute seule dans le noir, elle frissonna. La pierre était froide. Parfois le Seigneur frappait ses victimes non de la paralysie mais d'un mal plus subtil. À la fin de la nuit, le garçon ou la fille grelottait sans pouvoir s'arrêter et les chaînes tintaient contre la roche comme une poignée de monnaie. Une fois libéré, le misérable toussait pendant quelques jours, s'alitait et périssait dévoré de fièvre. *Doublement maudit...*

Aquiline pouvait à peine bouger. Elle n'était point grande et il avait fallu tendre les chaînes pour passer les anneaux autour de ses poignets et de ses chevilles. Elle crut entendre un petit cri dans l'obscurité et elle cessa de respirer. Un rat! Elle était sans défense. Un rat pouvait grignoter à loisir ses yeux ou la tendre chair de ses joues et elle ne pourrait que crier...

Le froid traversa peu à peu la laine de sa robe. Aquiline aurait voulu se recroqueviller pour se réchauffer, mais elle tira en vain sur les chaînes qui l'écartelaient. Ses jambes, qui connaissaient tous les champs et les bois à la ronde, ne pouvaient pas se dégager. Elle tenta de faire passer ses mains par les anneaux qui avaient semblé si gros, mais elle ne réussit qu'à s'écorcher la peau, comme si la pierre s'était resserrée autour de ses minces poignets. *Et si*

Dieu la regardait... Elle s'arrêta soudain, saisie de frayeur.

Si Dieu la regardait, Il la croirait coupable en voyant qu'elle essayait de s'échapper...

Les yeux d'Aquiline fouillèrent l'obscurité au-dessus d'elle, s'attendant à rencontrer un regard qui l'examinait... Elle avait été une vraie sauvageonne, grandissant au cœur de la forêt dans des huttes de bûcherons au gré des déplacements de sa famille. Son père abattait les arbres dont les charbonniers faisaient du charbon de bois pour les forges des alentours.

Les grands arbres avaient protégé son enfance et elle s'était toujours sentie à l'abri des regards sous leurs verts feuillages. Elle n'allait à la messe au village qu'à contrecœur et priait du bout des lèvres, n'attendant que le moment de déguerpir à toutes jambes pour retrouver ses amis, Thibaut, Ogier et Margot la Vilaine.

Mais elle était prise au piège. Tenue par les chaînes de saint Léonard lui-même, telle une de ces mouches que Thibaut capturait entre ses doigts et laissait bourdonner un moment avant de les écraser. Le poids de l'Église était suspendu au-dessus d'elle, aussi écrasant que le regard de Dieu. Elle était prise et sa vie était exposée tout entière à la vue de l'Architecte suprême.

Sa respiration se précipita à l'idée de ce qu'Il pourrait voir.

Au grand soleil, le jour avant l'anniversaire de son baptême, ses péchés lui avaient paru véniels et sans importance. Avec ses amis, elle avait fait la fière, car elle serait la première de l'année à descendre au cachot et l'idée ne l'effrayait pas. Que de nuits n'avait-elle point passées à la belle étoile dans la forêt, sans autre couverture que ce qu'elle portait sur son dos? Le froid et le noir ne lui faisaient guère peur, surtout pas en cette saison où fleurit l'aubépine, alors que les nuits sont courtes.

Mais elle avait oublié le silence, aussi profond que dans un tombeau, elle n'avait point pensé aux crampes qui nouaient ses muscles, et elle avait sciemment ignoré qu'elle serait l'enjeu d'une joute entre anges et démons. Comment Dieu jugerait-Il son manque de foi?

Dieu se souviendrait-Il des après-midi qu'elle avait passés vautrée dans une prairie à compter les nuages, des journées consacrées à dénicher des passereaux avec Ogier et à prendre des cailles, des matins voués à la pêche aux écrevisses ou à la grenouille dans les eaux de la Vinette?

Que dirait-Il des galettes au sarrasin et des confitures de coings qu'elle avait dérobées quand les commères du village avaient le dos tourné? Tout ça parce que l'envie et la gloutonnerie la saisissaient aux tripes...

Comment Dieu soupèserait-Il l'orgueil de sa grande force, la paresse qui la poussait à fuir ses tâches ménagères et aussi la colère qui l'avait maintes fois incitée à rosser ce petit morveux de Johan? Et les petits mensonges dont elle faisait si ample usage pour détourner la lourde main de son père, comment seraient-ils comptés?

Elle ne s'était point crue si chargée de péchés. Le découragement l'étouffa et elle sentit une raideur inaccoutumée envahir ses membres. *Suis-je déjà condamnée?* La frayeur la paralysa un moment, puis elle parvint à refermer sa main, sensation qu'elle ressentit de loin, à une distance bien plus grande que la longueur de son bras.

Avait-elle oublié une faute plus grave que les autres? Avait-elle évité de songer à... Elle cessa de respirer. Elle avait refoulé ce souvenir si profond qu'elle avait presque oublié...

Oui, Aquiline avait péché, oui, elle avait connu le plaisir, oui, elle avait dansé le branle du loup avec la queue entre les jambes, oui, elle avait fait la bête à deux dos avec Thibaut son ami... L'été d'avant, dans un champ de blé mûr, elle avait pour lui retroussé son jupon. Serait-elle maudite pour cela? Pour un simple moment de jouissance? Elle voulut parler, mais un geignement de bête aux abois s'éleva de sa bouche et elle n'osa plus se plaindre. Une langueur étrange alourdissait ses membres, comme la fatigue qui précède le sommeil.

À la grâce de Dieu!

Le matin la surprit. Elle avait bien cru distinguer une ligne plus claire dans la direction de la porte, mais l'obscurité restait profonde. Le chant des oiseaux salua l'aube peu de temps avant le premier cri du coq. Elle entendit au même moment le prêtre s'escrimer avec le verrou qui s'était coincé.

Sa longue nuit d'épouvante était terminée. L'épaisse porte pivota en grinçant sur ses gonds et la figure du Père Hilaire apparut, une tache pâle dans la pénombre. Il ne dit mot, alors qu'il s'agenouillait et desserrait les écrous qui maintenaient fermés les anneaux de pierre.

— Lève-toi et marche, ma fille, commanda-t-il enfin.

Elle éleva la tête. L'odeur âcre qui se dégageait de sa robe lui apprit qu'elle s'était compissée. Mais elle n'avait nul autre moyen de le savoir, car elle ne sentait plus rien en-dessous de son cou. Elle tenta néanmoins d'obéir à l'injonction du prêtre et fit appel à ses muscles absents, les conjurant de se tendre et de la soulever.

Ses jambes et ses bras restèrent inertes.

— Je ne le puis.

Le Père Hilaire la prit par les épaules et la releva. Elle vit ses pieds toucher terre, mais elle ne sentait toujours rien. Le prêtre dit doucement, avec une fêlure dans sa voix:

— Essaie encore.

Il relâcha peu à peu sa prise, retirant la main de son aisselle droite. Les jambes d'Aquiline étaient comme remplies de duvet. Elle tint en équilibre une fraction de seconde, puis tomba brutalement, incapable de tendre les bras pour amortir le choc. Elle détourna la tête au dernier instant, mais sa joue se meurtrit sur la pierre.

Sans mot dire, le prêtre la prit dans ses bras et la jeta sur son épaule comme un sac de blé. Il grimpa les marches en soufflant péniblement puis sortit sur le parvis boueux de l'église. Alors seulement, il appela les villageois en sonnant la cloche, dont la corde pendait près de la porte de la nef.

Le prêtre l'avait étendue dans la boue à ses pieds. Les villageois, croyant se rassembler pour la grand-messe, s'attroupèrent autour d'elle, comprenant ce qui s'était passé, ricanant de son orgueil ainsi rabaissé. Aquiline aperçut sa mère, fut sur le point d'ouvrir la bouche, puis se ravisa. Elle ne mendierait point. *Elle était maudite!* Elle n'avait nul droit à leur miséricorde.

— Je ne veux point de ça chez moi, cria sa mère.

— On pourrait l'abandonner dans la forêt, à la merci des loups, suggéra Patriquin, le forgeron du village.

— Ce serait un meurtre! protesta le Père Hilaire.

— Ou on pourrait la vendre aux ...

— Non! s'écria une voix à l'arrière de la foule.

Ce fut au tour d'Agnan le devineur de s'avancer. Le silence se fit. Grand et fort, l'ancien charpentier fendit la foule des villageois. Sa chevelure noire était entretissée d'argent et rejetée du côté droit de sa tête, formant une lourde tresse qui tombait derrière son oreille. La chair de sa tempe gauche était rouge, là où la peau brûlée avait repoussé.

Quand Agnan était jeune, il avait reçu une flèche en plein crâne. Seul l'ancien devineur du Bout-du-Bois avait cru qu'il pouvait être sauvé. Le vieillard avait coupé l'os autour de la pointe de flèche fichée dans la tempe, après avoir consumé avec un charbon ardent les cheveux autour de la blessure, se souciant peu de brûler ou non la peau. Puis il avait laissé le temps et la jeunesse faire leur œuvre.

Agnan avait survécu, mais il avait depuis ce temps une fenêtre de plus percée dans sa tête. Les villageois murmuraient volontiers que les esprits — les anges, disaient les plus généreux — conversaient avec lui par cette lucarne. On pouvait mettre le doigt sur la cicatrice, sentir le bourrelet d'os qui s'était formé autour du trou et l'absence de résistance au centre.

Tout naturellement, Agnan avait succédé au devineur. Il avait occupé la cabane du Bout-du-Bois et il venait rarement au village. Il était payé en nature pour les menus services qu'il rendait aux villageois et il avait sans doute un petit jardin potager dans une clairière connue de lui seul.

— Donnez-la moi. Elle a encore une langue et elle me tiendra compagnie les jours où personne ne vient chez moi.

La brusquerie et l'étrangeté de la demande heurtèrent les villageois. Des murmures s'élevèrent. Aquiline ne savait si elle devait se réjouir de la requête, même si, autrement, on l'abandonnerait en pâture aux loups et aux chats sauvages. Le devineur avait la mauvaise réputation qui entoure invariablement les solitaires.

Perplexe, le Père Hilaire se dandina sur place. Quand la rumeur de la foule se fut apaisée, il hocha solennellement la tête et étendit sur Aquiline sa bénédiction et la miséricorde de Dieu.

Agnan n'avait attendu que la fin de l'invocation. Il se pencha pour ramasser la jeune femme et la prit dans ses bras, puis se mit en marche. Aquiline n'avait jamais soupçonné la force de l'homme qui vivait tout seul au fond des bois, mais elle n'en douta plus, car il la porta tout le long du chemin, sans s'arrêter pour souffler, marchant d'un pas égal dans la forêt.

Dans sa cabane enfumée, où pendaient aux solives du toit des chapelets d'oignons et d'échalotes, des touffes de lavande et de romarin, des morceaux d'ambre et des sachets d'herbes variées, il la déposa sur son propre grabat. Le devineur ralluma alors le feu dans l'âtre, puis se dressa au-dessus d'elle dans la pénombre mouvante, ombre encore plus grande et menaçante. La voix grave, presque caverneuse, il déclama soudain:

— Je te maudis, ô fille déjà maudite. Tu seras muette. Ta langue collera à ton palais et ta gorge se serrera comme les cordons d'une bourse, tant que tes jambes ne se remettront pas à bouger.

Elle voulut protester, mais sa langue s'arrêta dans sa bouche et un gémissement inarticulé monta de sa gorge. Pourquoi avait-il changé d'idée? Pourquoi la condamner ainsi au silence, car autant valait attendre la semaine des quatre jeudis qu'espérer que ses jambes seraient délivrées...

Il esquissa un sourire — curieusement amer, lui sembla-t-il. Après avoir soupé, il l'étendit sur une paillasse auprès du feu. Elle ferma les yeux, craignant qu'il lui fît ce que Thibaut lui avait fait. Elle entendit la paille craquer et ne put résister à l'envie de glisser un regard entre ses paupières. Agnan s'était couché à ses côtés, apparemment sans autre projet que de dormir.

Dès lors, Aquiline fut un meuble, avec seulement un nez, des yeux et des oreilles qui lui obéissaient encore. Le devineur prenait soin d'elle comme si elle n'avait été qu'un meuble, évitant son regard vagabond, la nourrissant à la cuiller, lui taillant de petits morceaux de viande et changeant sa litière deux fois par jour.

Lui-même ne parlait que le soir venu et, au début, elle ne comprit point ce qu'il disait, car il discourait de choses étranges et de pays lointains aussi familièrement que s'ils avaient été de l'autre côté de Nigelle. Il rapportait aussi parfois les nouvelles du village et elle apprit ainsi que Thibaut avait passé à son tour la nuit dans le cachot de saint Léonard et en était ressorti aussi agile et gaillard qu'il y était entré.

L'injustice de Dieu la révolta. Comment l'homme n'avait-il pas été puni aussi pour la faute qu'ils avaient commise ensemble? Le découragement succéda après quelques jours à l'indignation qu'elle ne pouvait exprimer. Elle se laissa sombrer dans une torpeur végétative, qui n'affecta pas le dévouement du devineur.

Elle était redevenue un bébé, qu'Agnan n'avait point besoin d'emmailloter pour empêcher de gigoter. Sa seule distraction était d'assister aux entretiens du devineur avec ses visiteurs ou de le regarder procéder à d'énigmatiques manipulations avec un appareil qu'il appelait un alambic.

Il y avait les malades qui voulaient savoir quel saint implorer, les engrossées qui voulaient l'herbe qui amincit et les commères qui voulaient de la jusquiame, l'herbe qui endort. On venait de loin pour réclamer de l'ellébore, qui guérit la folie, ou de la chélidoine qui guérit les verrues et s'appelle aussi l'éclaire parce

qu'elle passe pour blanchir les teints hâlés...
De temps en temps, on frappait à la porte et
c'était un nécromant qui recherchait de la
mandragore fertilisée par l'ultime foutre d'un
pendu.

Quand ceux-là cognaient à la porte, Agnan
jetait une serviette sur le visage d'Aquiline,
car ces mystérieux clients se méfiaient même
des sourds et des muets.

Le devineur prédisait l'avenir des pèlerins
de passage en laissant tomber des rubans de
couleur dans un seau plein d'eau, interprétant
leur chute jusqu'au fond pour annoncer aux
voyageurs les péripéties encore à venir. Quand
une commère était venue le voir pour qu'il jette
un sort à la nouvelle femme du forgeron, le
devineur avait accepté, puis fait venir la
femme du forgeron. Il avait prétexté une con-
jonction néfaste des astres pour la persuader
de s'aliter pour quelques jours en feignant la
maladie. Il avait été payé par les deux...

Lors du Vendredi Saint, le devineur prit
un œuf fraîchement pondu, le vida par un trou
et regarda de l'orée du bois les gens de Nigelle
à travers le trou pour reconnaître les sorciers
et sorcières à la marque infernale des cornes
sur le front.

Au cours des semaines qui suivirent, prenant conscience de la date après sa longue tor-

peur durant l'hiver, Aquiline tenta par tous les moyens d'attirer l'attention d'Agnan.

Elle roula les yeux, elle cogna sa tête contre la paillasse... Le jour de la Saint-Johan, les paralytiques venaient de tout le pays environnant, allongés sur les chariots de parents et d'amis, pour se tremper dans l'eau de la fontaine devant l'église. Elle avait souvent assisté à ce spectacle et dorénavant le cri du prêtre résonnait en permanence dans sa tête: «Saint Johan pardonne!» Si seulement Agnan consentait à la laisser parler, à faire un effort de compréhension... C'était devenu son seul espoir.

Désespérée de sentir l'occasion s'échapper, elle voulut défier le sort jeté par Agnan et parler à nouveau. Après avoir passé des mois dans l'intimité du devineur, elle avait perdu sa crainte de ses pouvoirs.

Le plus grand sorcier perd de son prestige quand on l'a vu baisser ses chausses pour faire ses besoins dans un pot de chambre. Et puis, elle ne l'avait pas vu se transformer en loup par les nuits de pleine lune ou convoquer des diablotins pour faire son ménage, tandis qu'il lui avait laissé voir l'envers des tours de magie qui impressionnaient les villageois.

En fait de lutins ou de fées, il n'y avait que la Souillarde, une servante de ferme qui, en échange de services passés, venait nettoyer sa maison une fois par mois et se prêtait parfois à la danse du loup avec le devineur sur le plancher de terre battue, pendant qu'Aquiline fermait les yeux pour ne point les voir.

Quand elle avait rouvert la bouche pour essayer de parler, Aquiline n'avait tiré qu'un grognement inarticulé de sa gorge. Profitant des absences du devineur, elle avait persévéré, comptant les jours qui s'écoulaient. Une poignée de jours avant la Saint-Johan, elle l'accueillit à son retour par quelques mots prononcés d'une voix encore rauque, mais compréhensible:

— Gentil sire, faites-moi la grâce de me porter jusqu'à la fontaine le matin de la Saint-Johan. Je veux le prier pour mon pardon.

Il ne se fâcha ni n'accepta sur le coup. Il sourit en la regardant, l'air curieusement joyeux, crut-elle. Tirant un tabouret jusqu'à la paillasse d'Aquiline, il l'enfourcha et livra un discours qu'il avait sans doute longuement médité:

— Pourquoi donc crois-tu en avoir besoin, Aquiline? Penses-tu encore que mes eaux de mélisse et mes sirops miellés guérissent vraiment les douleurs de ceux qui viennent me voir? Tu m'as vu répéter mes tours de passe-

passe, les sous que je tire de ton oreille et la voix que j'envoie où je veux. Crois-tu encore que je suis un sorcier ou que les esprits me parlent?

— Non, gentil sire... Enfin, je ne suis sûre de rien.

— Sage, ô merveilleusement sage Aquiline. Moi non plus. Mon maître m'a légué ses secrets, qu'il tenait de son propre maître, mais il ne m'a jamais dit lesquels étaient puissants et lesquels impuissants. Car, Aquiline, certaines recettes qui passent de bouche à oreille ne valent pas tripette, tout comme certaines légendes qu'on honore dans ce village. Il faut les mettre à l'épreuve.

— Mais Dieu m'a frappée!

— Pourquoi donc? As-tu mort d'homme sur la conscience?

— Certes non!

— As-tu convoité le mari d'une autre ?

— Non point.

— As-tu manqué de respect à tes parents?

— Non.

— As-tu déshonoré un ami ou une amie en paroles?

— Non...

— As-tu pris à quelqu'un le nécessaire et l'indispensable à ses jours?

— Non plus.

— M'est avis que tu es en règle devant Dieu et devant les hommes, Aquiline. Si tu demandais au Père Hilaire de te montrer le livre où il est écrit que Dieu éprouve les gens enchaînés dans le cachot de saint Léonard, crois-tu qu'il saurait où trouver cela? C'est une légende, Aquiline, rien de plus.

— Mais je ne puis marcher ou me lever! Si ce n'est pas Dieu, c'est le diable, alors?

— Ni Dieu ni diable, Aquiline. La réponse est dans ton cœur. Cette nuit-là, la peur était dans ton cœur, et elle est descendue dans tes jambes et dans tes bras. Mais, depuis, la peur est partie. Je suis sûr qu'elle est partie. Laisse-moi t'aider.

Il entoura ses épaules de son bras musclé et la releva, comme l'avait fait le Père Hilaire, mais avec une douceur et une amitié qu'elle n'avait pas senties chez le prêtre. Quand ses pieds nus touchèrent la terre battue, un frémissement remonta le long de ses jambes et de son échine. Ses orteils se crispèrent et elle ressentit, de très loin, la froidure du sol.

— Agnan, je...

— Il faudra que tu réapprennes à marcher, Aquiline. Et puis, tu pourras partir ou rester.

— Je resterai, Agnan.

Imaginez la stupeur au village quand Agnan et Aquiline sortirent de la forêt, marchant accolés, le jour de la Saint-Johan. La stupéfaction des villageois redoubla quand ils demandèrent au prêtre de les marier, ce qu'il fit à contrecœur, puisqu'ils refusaient de dire par quelle magie sulfureuse Aquiline avait recouvré l'usage de ses membres.

Aquiline avait appris à connaître le devineur, dont les pouvoirs mystérieux et la fenêtre des esprits taillée dans son crâne avaient effrayé de tout temps les femmes des alentours qui auraient pu souhaiter vivre avec lui. Elle s'était attachée à lui comme il s'était attaché à elle. Si elle devait passer pour une sorcière à cause de lui, elle était prête à payer ce prix.

Thibaut avait disparu on ne savait où et ses parents l'avaient reniée. Ils restaient seuls au monde.

Et ils auraient pu vivre heureux ainsi jusqu'à la fin de leurs jours...

3

Quand un fantôme
appelle à l'aide

— Mais l'histoire ne finit pas là, tout de même? dis-je, interloqué.

Ni la cathédrale écroulée ni la Dame Blanche ne sont au rendez-vous comme promis. Je ne vois pas le rapport entre cette histoire et le tableau sur le mur. Mais ça ne m'empêche pas de cogiter dur. Quand l'abbé a décrit les chaînes de saint Léonard, j'ai tout de suite songé à l'étrange morceau de chaîne en pierre que j'ai trouvé dans le champ, au fond du cratère.

Se peut-il que j'aie la preuve dans mon sac à dos que l'histoire d'Aquiline n'est pas qu'une légende?

— Qu'est-ce qui est arrivé aux chaînes de saint Léonard? je demande de but en blanc. Sont-elles encore à Saint-Johan-de-la-Pierre-Fixte?

Le prêtre sursaute, tiré de ses pensées à l'improviste.

— Ce n'est qu'une fable du pays. Il n'y a rien de tel dans la crypte de l'église d'aujourd'hui. Mais si ça t'intéresse, va faire un tour au musée départemental de l'abbaye de Sainte-Walburge. On y trouve un bout de chaîne effectivement taillée dans la pierre... Malheureusement, c'est une pièce unique et donc impossible à dater. On ignore sa provenance et on ne sait pas s'il en existe d'autres pareilles. Néanmoins, c'est peut-être cet objet qui a inspiré l'histoire d'Aquiline...

— Rien qu'une légende, hein?

J'ébauche un sourire. Aurais-je une deuxième chaîne de saint Léonard dans mon sac à dos? Je me promets d'aller rencontrer les responsables du musée de Sainte-Walburge à la première occasion.

— Une simple légende, insiste mon hôte. Oh, il existe bel et bien une fontaine dédiée à Saint-Johan devant l'église de Saint-Johan-de-la-Pierre-Fixte. Du temps de mon grand-père, on venait encore y baigner les enfants malades et les paralytiques le matin du 24 juin. C'est de l'histoire ancienne désormais. Et rien n'empêche les conteurs d'avoir incorporé ce détail dans la légende pour faire plus vrai.

— Oui, bien sûr, dis-je en hochant la tête.

Je fais de mon mieux pour cacher mon excitation. Une chaîne taillée dans la pierre, ce n'est qu'un hasard. Un objet unique ne prouve rien. Mais deux bouts de chaîne en pierre, c'est différent. Là où il y en a deux, il peut y en avoir quatre...

Et si je prouvais que la légende dit vrai? Des manchettes de journaux dansent dans ma tête: «Importante découverte archéologique par un étudiant canadien» — «Confirmation d'une légende du Perche» — «Le touriste et la sorcière de Nigelle». J'entends déjà les bulletins télévisés qui vantent ma clairvoyance et ma modestie, avec gros plans sur mon visage et sur ma trouvaille...

— Mais tu me rappelles une curieuse affaire... murmure soudain l'abbé Gandelain. Des cas de vandalisme à l'abbaye de Sainte-Walburge et dans les environs, il y a deux semaines... Quelques objets rares ont disparu du musée pendant la nuit — dont la fameuse chaîne en pierre!

Il tape du poing dans sa main ouverte et s'exclame:

— Voilà pourquoi ça m'avait frappé: on a volé la chaîne de la légende d'Aquiline!

Je me redresse, plus si sûr de moi. Et si j'étais tombé sur la chaîne qu'on a volée? Peut-être que les voleurs, pour une raison inconnue, essayaient de la détruire. D'où l'explosion qui m'a fait si peur...

Du coup, je rabaisse d'un cran mes ambitions. Si je ramène la chaîne volée au musée de Sainte-Walburge, les responsables pourront la faire expertiser et l'identifier. Soyons réaliste. Si j'ai droit à une petite récompense, elle ne sera pas mirobolante: des tickets gratuits pour le musée? Une bouteille de cidre du pays? Un assortiment de cartes postales?

J'en suis là dans mes pensées lorsque l'abbé se lève, les sourcils froncés:

— J'ai cru entendre un bruit dehors.

Je tends l'oreille sans rien capter, mais je l'imite quand même. Je le suis jusqu'à la porte qui donne sur la cour derrière le presbytère.

Dehors, la voiture du prêtre est garée sur le gravier. Une haie touffue entoure le quadrilatère. Un écureuil aurait du mal à se faufiler entre les branches épineuses et fournies. Les plates-bandes n'offrent pas la moindre cachette.

Le regard du prêtre s'oriente vers le portillon qui donne sur la rue.

— Il me semblait bien l'avoir refermé, murmure Gandelain. Ce sont sans doute les gamins du village.

Je ne lui fais pas remarquer que la plupart sont censés être à l'école et non en train de flâner dans les rues. En France, l'année scolaire ne se termine pas avant la toute fin du mois de juin. Il reste encore une semaine de classe aux écoliers français.

C'est alors que je l'entends.

Sauve-moi! Toi qui portes mon nom, de grâce, sauve-moi!

Machinalement, je me retourne vers le prêtre:

— Vous avez dit quelque chose?

Mais c'est absurde. C'est une voix féminine que j'ai entendue!

— Attendez-moi, il faut que je referme le portail.

Il descend du perron et fait pivoter sur ses gonds la barrière ouverte. Pendant ce temps, je cherche du regard qui a bien pu me parler. Mais je ne vois toujours pas où quelqu'un pourrait se cacher...

Tu ne dois pas les laisser me rappeler en terre mortelle. Je suis morte et je veux le rester.

Cette fois, je sursaute. Le prêtre, qui a fini de verrouiller le portillon, aperçoit mon tressaillement et demande:

— Qu'est-ce qu'il y a?

Je ne vais tout de même pas lui dire qu'un fantôme me fait la conversation! Méfiant, je balaie une dernière fois du regard la cour du presbytère. Décidément, je ne vois pas où un mauvais plaisantin pourrait se nicher.

À tout hasard, j'interroge quand même mon hôte:

— Vous n'avez rien entendu?

— Comme quoi?

Les voitures qui passent sur la départementale produisent un bourdonnement lointain. Mais le village même est bien tranquille. Le moindre bruit est une présence distincte et parfaitement identifiable. Un chat miaule dans une ruelle voisine, une mobylette dévale une rue en vrombissant, quelques bambins crient à tue-tête en se poursuivant dans le jardin public en face de l'église...

Je hausse les épaules:

— Des passants, je suppose. C'est drôle comme un bout de phrase peut sembler parfaitement extraordinaire quand on n'a pas entendu le reste.

Mais je suis loin d'être convaincu d'avoir surpris la conversation de simples passants. Je ne vais pas le dire au prêtre, mais je demeure persuadé que c'est à moi que s'adressait l'être invisible.

Je frissonne. Dans le ciel, le soleil joue à cache-cache avec les nuages. Chaque disparition du soleil efface les ombres découpées sur le sol, plongeant toute la cour dans la même triste grisaille.

— Rentrons, dit l'abbé en remarquant mon frisson, qu'il interprète comme un grelottement.

Nous avons laissé la porte entrouverte. À l'intérieur, la fraîcheur de la brise a pénétré plus vite que je ne l'aurais cru possible. Même l'abbé se frotte les mains en soufflant dessus. Je m'empresse de refermer la porte.

En regagnant la cuisine, je jette un nouveau coup d'œil au tableau accroché au mur. Ses couleurs me semblent plus vives, tout d'un coup, comme si le courant d'air entré par la porte entrebâillée avait balayé toute la poussière accumulée à la surface de la toile. Il se dégage des personnages une impression de vie troublante, que je n'avais pas ressentie tout à l'heure.

Je m'en rapproche, de nouveau intrigué par la figure mélancolique de la jeune femme qui regarde au loin. On devine qu'elle a perdu un être cher, et je discerne maintenant l'ombre du désespoir sur son visage aux traits fins. Le chagrin la pousse à bout et l'empêchera de dormir cette nuit...

J'arrête là mon imagination galopante. C'est du délire! Je ne sais même pas de quoi il s'agit. L'histoire du prêtre ne mentionne pas le moindre enterrement. Quant à la jeune femme éplorée, est-ce bien la jeune Aquiline?

De toute évidence, Gandelain doit maintenant faire le lien. Je regarde ostensiblement la montre à mon poignet. L'après-midi est entamé. Je dois songer à repartir.

— Alors? dis-je pour le relancer. Légende ou non, il n'a pas été sujet de la scène du tableau. J'aimerais comprendre.

— Patience! J'ai commencé par le début. Tout va s'éclaircir maintenant...

L'abbé se désaltère à même la bouteille de cidre. Je suis surpris de le voir ainsi boire au goulot, mais il n'en fait aucun cas. Il reprend, la voix empreinte d'une gravité nouvelle:

— Il faut donc que je raconte la quête des frères du Paraclet, et tout ce qui s'est ensuivi...

L'abbé lampe les dernières gorgées du liquide doré dans son verre. Puis il montre de la main le tableau accroché au mur:

— C'est l'histoire de Michaël-le-Bras-de-Dieu, la suite logique de la légende d'Aquiline et des chaînes de saint Léonard. Oh, il y en a bien qui disent que l'archange Michaël n'a rien à voir avec cette histoire de chaînes maudites, mais je crois qu'il s'agit de la même personne.

— De la même personne... je répète, le ton sceptique. Vous voulez dire que vous y croyez?

Il ne répond pas, sauf en entamant un nouveau récit, d'une voix un peu plus râpeuse qu'auparavant.

4

Le jugement de la sorcière

Un beau matin d'été, deux frères en religion vinrent à Saint-Johan-de-la-Pierre-Fixte au creux de la combe. Ils avaient suivi la route sinueuse à travers champs. Depuis leur départ du monastère en la ville de Nigelle, ils avaient donc une heure de marche dans les jambes. Il faut dire qu'ils venaient visiter le village en désespoir de cause.

Ils étaient deux frères de l'Ordre du Paraclet, les cheveux taillés à l'écuelle, marchant à côté d'un âne chargé de leurs possessions terrestres. L'un s'appelait Frère Mathurin et l'autre Frère Pélage.

Ils n'avaient rien de moines contemplatifs. Leurs bras musclés et leurs jambes noueuses marquaient bien leur goût de l'action sur le terrain, pour la plus grande gloire de Dieu, béni soit son nom.

Quelques semaines plus tôt, ils étaient partis de Combray pour Nigelle. Ils avaient pris la route de Frazay, une route des crêtes qu'ils avaient dû abandonner pour traverser les Hauts de Rougemont, alors que des goules capucines les poursuivaient par un temps de brouillard. Un moment, ils avaient craint de s'égarer dans les replis des collines embrumées.

Dieu soit loué, Frère Pélage était né à la Croix-du-Perche et il connaissait le pays. Ainsi, ils avaient passé la nuit à Vischères, dans le presbytère blotti contre l'église, mais leur sommeil avait été troublé par des visions de morts-vivants encapuchonnés.

Le matin suivant, ils avaient suivi la route qui menait par fond de val jusqu'à Nigelle, en passant par Coutretôt et Saint-Sergines. Frère Mathurin marmonnait des *Pater noster* tandis que le Frère Pélage surveillait les abords de la route, son bras musculeux balançant un solide bâton de marche.

Depuis, ils prospectaient le pays environnant Nigelle. Ils avaient fait de même à Combray, à l'affût du moindre indice qui les mettrait sur la piste. Il restait encore de petits villages à visiter, comme Saint-Johan-de-la-Pierre-Fixte, mais si leur quête n'était pas plus heureuse dans ces hameaux, ils reprendraient la route...

Ils étaient partis de bonne heure afin d'assister à la Sainte Messe. À la croisée des chemins, ils s'arrêtèrent devant la pierre haute fichée dans le sol. Le roc moussu était marqué de flèches et de symboles druidiques érodés par le temps. Une croix avait été gravée sur chaque face et l'incisure plus récente était encore nette.

— Nous y sommes presque, dit Frère Mathurin en soufflant. C'est la Pierre Fixte.

— Dans la langue gauloise, on disait *menhir*, fit remarquer son compagnon. Même les campagnes ont oublié cette langue païenne. Si seulement les paysans avaient aussi oublié les superstitions de la même époque...

Frère Mathurin et Frère Pélage s'agenouillèrent, se signèrent et prirent la petite route qui descendait à flanc de vallon jusqu'à Saint-Johan. Il leur fallut traverser le ruisseau qui faisait le tour du village: ils se juchèrent sur leur âne qui renâcla mais consentit à mouiller ses sabots.

À l'entrée du village, une bande d'enfants jouaient avec un objet qui passait de main en main. Frère Mathurin et Frère Pélage mirent pied à terre, appelant les gamins pour leur demander où trouver le Père Hilaire. Les enfants s'égaillèrent au premier mot. Le jouet tomba dans la poussière et les deux frères du Paraclet virent qu'il s'agissait d'une baguette de coudre sur laquelle était empalé le corps d'une pie-grièche, un clou dans chaque œil.

Frère Mathurin fit le signe de la croix et Frère Pélage frissonna:

— Des jeux de la Malicorne...

En effet, la baguette figurait l'unique corne de la Malicorne dorée qui embroche ses ennemis.

Ils connaissaient tous les deux la légende de cet animal ensorcelé, qui courait les forêts par les nuits de pleine lune. Les croyances populaires lui accordaient d'étranges pouvoirs. Des paysans impies crevaient les effigies de leurs ennemis avec des simulacres de corne... Et on murmurait que leurs ennemis périssaient un soir à la brunante, à l'orée de la forêt, la chair transpercée par une corne vengeresse.

Ils se signèrent de nouveau et se mirent en marche vers l'église du village, un édifice tout simple comme un enfantelet en aurait assemblé avec des blocs de bois.

Imaginez une église qui ressemblerait à deux cubes dissemblables poussés l'un contre l'autre, le plus grand surmonté de deux pans inclinés... Au-dessus de l'entrée principale, un bas-relief rongé par le temps avait pris la forme d'un animal bizarre et méconnaissable, qui leur sembla d'essence diabolique.

Le Père Hilaire était tout au fond de l'église, car il avait aménagé son logis entre les quatre murs de l'annexe. Ils lui posèrent tout de suite la question qu'ils posaient partout, ayant appris qu'il ne fallait jamais perdre de temps. Parfois, leur proie semblait les sentir et s'enfuir...

— Vous me demandez qui serait né ici il y a dix-huit ans? répéta le Père Hilaire. Il faudrait chercher parmi les jugés de saint Léonard d'il y a deux ans. C'est-à-dire le petit Johan, Ogier, Margot la Vilaine, Thibaut, Marjolaine... et Aquiline, bien sûr.

— Où pouvons-nous les trouver?

— Le petit Johan est le fils du sabotier qui a une échoppe dans la maison à gauche du parvis. Margot la Vilaine et Marjolaine sont les jumelles de la mère Valory; leur chaumière est au sommet de la route qui part de la Pierre Fixte. Ogier travaille sur la terre de son père, Aucassin, au bout de la route qui part du parvis. Quant à Thibaut, il a quitté le village l'an dernier; il est parti en pèlerinage, dit-on. Mais nul ne sait pour où...

— Des jumelles! s'écria Frère Mathurin. Se pourrait-il que ...

— Cette Margot la Vilaine pourrait être l'enveloppe qu'il a choisi pour nous fuir. Il aurait donné son âme à une jumelle qui serait mort-née sans lui, dit Frère Pélage aussi doctement que s'il était devant une classe.

— Il? Mais qui ça? les interrogea le prêtre.

Frère Mathurin lui jeta un coup d'œil:

— L'archange, voyons. (Mathurin se tourna de nouveau vers son compagnon.) Est-il à ce point désespéré?

— Allons vérifier.

Prétextant l'urgence de leur mission pour les dispenser d'assister à la messe, ils prirent congé du Père Hilaire, après avoir fait ripaille de fèves rouges, d'une poignée de marrons cuits sous la cendre de l'âtre et de bon pain blanc.

Portés par l'espoir, ils gravirent en toute hâte la route sortant du village, contournant la Pierre Fixte et montant à flanc de coteau. Frère Mathurin remorquait par la bride l'âne récalcitrant qui aurait voulu rester plus longtemps dans le pré du village.

Au sommet de la côte, la famille Valory habitait au milieu des champs une longue bâtisse de pierre grise dont un bout formait la grange. Un chien aboya en les sentant venir et ils s'arrêtèrent au pied du muret de pierres sèches qui délimitait les terres familiales.

Frère Pélage coula un regard vers son compagnon, qui considéra la bague à sa main droite et secoua la tête.

Pourtant, ils connurent un regain d'espoir en voyant apparaître une jeune fille. Ses traits hommasses, son nez épaté, son teint brûlé de paysanne et ses grosses épaules de charretier leur permirent de l'identifier. Margot la Vilaine! Sa forte voix fit taire le chien et elle invita les religieux à entrer.

— Ma mère et ma sœur sont dans le fournil. Je m'en vais les chercher. Avez-vous soif?

Ils répondirent par l'affirmative, préférant jouer le rôle de frères mendiants. Margot rentra à l'intérieur de l'édifice. Frère Mathurin fixait du regard la bague que portait le majeur de sa main droite. Il secoua encore une fois la tête.

— Sa sœur peut-être, murmura Frère Pélage, se raccrochant à cet espoir.

Margot revint avec un seau rempli d'eau. Elle était suivie de sa sœur Marjolaine, nettement moins laide que sa jumelle, et de sa mère, une petite créature cassée par les ans. Les deux hommes se servirent du gobelet d'étain accroché au harnais de leur âne pour boire à tour de rôle, avant de donner le fond du seau à leur animal.

— Révérends, bénissez-nous, dit alors Marjolaine.

Frère Mathurin eut beau brandir sa main droite qu'ornait un bel anneau portant une topaze et multiplier les signes de croix sur leurs fronts, rien ne se produisit. La mère et ses deux filles s'étaient agenouillées dans l'herbe du chemin. Le moine renonça et conclut par un retentissant Amen.

Ils s'entretinrent quelques minutes encore avec les femmes Valory, troquant des nouvelles de Combray et de Nigelle pour les potins de la campagne. Ils n'apprirent rien de neuf et se décidèrent à redescendre au hameau.

À la hauteur du soleil dans le ciel, Frère Mathurin jugea qu'il était passé midi. Sans s'arrêter, ils traversèrent le hameau et se rendirent jusqu'à la ferme des Hérissières, où demeuraient Aucassin et son fils Ogier. La route, qui ne conduisait pourtant nulle part, était empierrée à la façon romaine. Ils ne trouvèrent pas non plus aux Hérissières celui qu'ils cherchaient et ils retournèrent au village. Le petit Johan fut surpris de les voir surgir dans l'atelier de son père, mais ce n'était pas lui non plus. À chaque fois, la bague de topaze était restée inerte.

Un peu découragés, les deux frères s'arrêtèrent sur le parvis.

— Il reste ce Thibaut, qui est parti soudainement... C'est suspect; il faudra inscrire son nom dans le carnet.

— Mais notre hôte a mentionné un autre nom, une certaine Aquiline...

— En effet.

Ce fut avec une répugnance évidente que le Père Hilaire leur indiqua comment trouver la cabane d'Agnan le devineur et d'Aquiline sa femme, au lieu-dit le Bout-du-Bois.

— Mais qu'ont-ils donc de si effrayants? finit par demander Frère Pélage.

— On risque son âme en les approchant, répondit le prêtre. Ils ont signé un pacte avec le démon, c'est la seule explication! La jouvencelle avait été frappée par saint Léonard lui-même...

Pressé de s'expliquer, le prêtre leur raconta l'histoire des chaînes de saint Léonard.

D'abord irrités par la forte odeur de superstition qui s'en dégageait, les frères du Paraclet n'en furent pas moins impressionnés par le miracle qui avait eu lieu. Si Aquiline avait été maudite et pourtant assez forte pour vaincre la malédiction...

Michaël! Le nom fut comme un charbon ardent sur la langue de Mathurin et Pélage, mais ils ne le prononcèrent pas. Lorsque le prêtre conclut son récit, les trois religieux firent le signe de la croix.

La nuit tombait et le chemin herbu se perdait dans les bois. Des étoiles s'allumaient au firmament. Un hurlement lointain de loup en chasse s'éleva dans la forêt. Frère Pélage tira un gros bâton de bois noueux et une lanterne sourde du paquetage de l'âne, mais ils avancèrent de plus en plus lentement. Quand le suif de la bougie s'épuisa, ils durent s'immobiliser. Leurs yeux s'étant accoutumés à l'obscurité, ils virent alors une lumière diffuse droit devant eux.

— La cabane du devineur, s'écria Frère Pélage.

À la clarté des étoiles et de la lune montante, les contours des troncs se détachaient peu à peu. Ils se remirent en marche en tâtonnant pour ne pas tomber dans une fondrière, guidés par la lueur émanant de la maisonnette toute proche.

Il n'y avait pas de chien. Ils laissèrent l'âne à quelque distance de la demeure, attaché à un arbre. Sans faire de bruit, ils s'approchèrent. Soudain, la topaze de Frère Mathurin jeta un éclair jaune.

— Son âme immortelle est ici, souffla Frère Mathurin, abasourdi.

Ils poussèrent la porte en silence. Au fond de l'unique pièce, Aquiline dormait sur une paillasse poussée tout près de la cheminée où un feu grondait en dévorant des bûches. Il n'y avait pas trace d'Agnan le devineur.

Elle était belle, surprise ainsi dans son sommeil. Sa cotte défaite laissait voir la lourde courbe de ses seins. Ses lèvres d'un rose tendre étaient entrouvertes sur des dents d'une blancheur et d'une régularité qu'une duchesse aurait enviées. Son abondante chevelure brune, déliée pour la nuit, s'étalait sur le drap de la paillasse.

— Ce n'est pas possible, murmura Frère Pélage.

— Je crois qu'il savait ce qu'il faisait, répondit Frère Mathurin. L'aurions-nous cru, justement, sans la flamboyance du topaze? Et l'histoire des chaînes de saint Léonard... Cette fois, nous ne pourrons pas nous servir des injonctions ordinaires. Une femme qui a connu un homme n'est pas dans l'état de pureté requis.

— Que faire, alors?

— Si les chaînes de saint Léonard l'ont paralysée, d'autres chaînes suffiront à l'immobiliser. Plus tard, nous verrons à la soumettre au rituel de purification...

Frère Pélage resta aux aguets, prêt à se ruer sur la jeune femme pour l'empêcher de s'enfuir si elle se réveillait. Frère Mathurin sortit chercher les chaînes rangées dans le paquetage de l'âne. À son retour, ils se jetèrent sur la jeune femme. Les bras musculeux de Frère Pélage maintinrent Aquiline tandis que Frère Mathurin enfonçait un bâillon dans sa bouche au risque de ses doigts. Elle eut beau se débattre, ils lièrent ses membres avec les chaînes et la portèrent dehors.

L'ayant ficelée sur le dos de l'âne, ils repartirent, l'âme enfin en paix.

* * *

L'inconfortable chevauchée à dos d'âne vint à bout de la résistance d'Aquiline, les muscles rompus, les membres liés par des chaînes qui pinçaient sa peau. Le trottinement de l'animal finit par la plonger dans un état second.

Quand elle reprit tout à fait connaissance, le soleil en plein visage, elle était plaquée contre le bois d'une palissade par les anneaux de fer enserrant ses poignets, solidement cloués aux planches de chêne. Elle avait les bras en croix, comme une de ces chauves-souris que les paysans crucifient sur la porte d'une grange pour éloigner le mauvais sort. Ses pieds reposaient sur une botte de foin.

Si ce support lui était enlevé, elle pendrait par ses poignets, tout le poids de son corps tirant sur son diaphragme, et elle suffoquerait peu à peu, incapable de remplir d'air ses poumons. Les muscles de ses jambes se raidirent, de peur qu'un faux mouvement de sa part ne fît rouler ou basculer la botte de foin.

Une phrase dont elle ne comprit point le sens parvint à ses oreilles:

— Nous ne devons pas le permettre cette fois. Jamais son âme n'eut à changer de corps tant de fois en si peu de temps.

Elle leva les yeux pour voir qui avait parlé. La palissade était dressée au centre du parvis, face aux portails de la cathédrale de Nigelle, la capitale du royaume, fièrement assise sur une large butte qui dominait la campagne environnante. De part et d'autre de la cathédrale, des échappées ouvraient sur les collines du pays des vues impressionnantes. Aquiline remua la tête pour mieux voir ce qui l'entourait.

Entre elle et la cathédrale, le parvis était presque désert, gardé par un cercle de sergents qui en défendaient l'accès aux bourgeois de Nigelle. Deux moines vêtus de brun et de noir se tenaient au centre de l'espace ainsi vidé. À leurs côtés, il y avait une femme dont la cape entrouverte laissait voir un riche surcot rehaussé de bandes d'hermine et de vair, par-dessus le long bliaut brodé d'or.

Aquiline reconnut la princesse Walburge, qu'elle avait entrevue lors d'un précédent séjour à Nigelle. Elle ne reconnut pas les religieux, car il ne s'agissait point de ceux qui l'avaient capturée.

Ceux-ci étaient arrivés le matin même au château en la ville de Nigelle. Ils étaient deux frères de guerre de l'Ordre du Paraclet, qui escortaient la Masse de Saint-Fulgent, le talisman par lequel revenaient les souvenirs de l'archange Michaël. L'un s'appelait Frère Bomer et l'autre Frère Ulphace.

Frère Bomer, la voyant revenir à soi, s'avança et sa voix de prédicateur tonna d'un bout à l'autre de la place:

— Bonnes gens de Nigelle! Depuis l'aube des temps, Dieu nous a donnés un défenseur, l'archange Michaël, «le Bras du Seigneur», qui prend forme humaine pour défendre les faibles et les infortunés. Son enveloppe charnelle n'est pas immortelle et, depuis sa mort, il y a dix-huit ans, nous avons cherché dans tout le royaume le corps où son âme immortelle s'était réincarnée. Des signes indubitables ont permis à notre ordre, qui est au service de Michaël et du Seigneur, de retrouver ce corps. Il est là devant vous, mais la personne que vous voyez ne sait pas encore qu'elle abrite l'âme de Michaël le Bras du Seigneur.

Frère Ulphace s'avança à son tour. Il portait la Masse de Saint-Fulgent, dont le manche doré était surmonté d'une tête volumineuse, ornée de cabochons de topaze. Il saisit le manche à deux mains et porta cette tête d'argent massif à la rencontre du front d'Aquiline. Les topazes flamboyaient sous le soleil de midi et leurs flammes grandirent en s'approchant de la jeune femme.

Elle ferma les yeux. Le métal froid toucha son front. En un instant, elle feuilleta tout le livre de ses vies antérieures. Aux ordres des frères du Paraclet, Michaël avait porté la croix et le glaive chez les païens des campagnes et des montagnes. Il avait réalisé des prodiges de force et des carnages miraculeux, versant le sang jusqu'à plus soif. Il avait massacré des armées d'infidèles et occis les ennemis de la foi partout où les trouvaient les frères du Paraclet. Jusqu'à plus soif.

Un jour, il en avait eu assez.

Il avait commencé à se laisser tuer dans les combats, puisqu'il ne pouvait pas s'enlever la vie. Il avait fui les frères du Paraclet, changeant de corps aussi rapidement que possible pour les dérouter, mais il n'avait pas réussi à leur échapper. Il avait fallu qu'il choisisse d'habiter le corps de la petite Aquiline dans un petit village d'un petit royaume oublié.

Mais il n'avait pas encore été assez habile! L'âme de l'archange se lamenta à l'intérieur d'Aquiline. Tout était à recommencer...

Le souffle coupé, Aquiline s'attendit à sentir la présence d'un archange l'envelopper et même la dissoudre, mais elle resta la même personne, dotée toutefois de tous les pouvoirs d'un archange guerrier. Jusqu'au dernier moment, elle n'avait pas cru un mot de l'histoire du Frère Bomer, mais elle se souvenait désormais d'avoir été un homme, qui avait manié à deux mains l'épée des chevaliers, qui avait porté une barbe drue et bouclée, qui avait mené des troupes de sergents et de frères guerriers...

Quand Aquiline comprit qu'elle était bien Michaël le Bras du Seigneur, la foule assemblée vit jaillir un aigle de sa poitrine et monter dans les airs, ses ailes ramant majestueusement dans l'élément aérien. Le regard d'Aquiline porta sur toute la contrée environnante et elle pénétra les cœurs de tous ceux qu'elle pouvait voir. Elle fouilla l'âme des goutteux enfermés chez eux et des nonnes cloîtrées dans leur couvent. Plus loin, encore plus loin, sa vue atteignit la lisière de la forêt des

Perchets et elle distingua sous la ramée une bande de guenillards et de vagabonds dirigés par Thibaut, son ancien ami.

Sa voix bondit par-dessus les vallons et murmura dans l'oreille de Thibaut un appel à l'aide. Tout ébahi, il était sur le point de regimber quand elle invoqua le nom d'Aquiline. Elle sentit un vieil élan de culpabilité et de honte — de l'amour aussi peut-être — le remuer et le déterminer à agir. Sur un ordre de Thibaut, les vauriens et enfants perdus ramassèrent piques, hallebardes et vieilles épées rouillées. Ils se mirent en marche, tandis que l'aigle de Michaël planait dans le ciel au-dessus d'eux.

Cependant, ils n'arriveraient sous les murs de Nigelle qu'à la tombée de la nuit...

— Reviens, Michaël, au nom du Seigneur!

La force de l'ordre était irrésistible. Elle revint, réintégrant brusquement son corps de femme sur la place publique de Nigelle.

— Tu n'utiliseras tes pouvoirs que sur notre ordre, car nous parlons au nom du Seigneur.

Elle courba la tête, déjà vaincue. Tous ses souvenirs confirmaient qu'elle ne serait délivrée de leur emprise qu'avec sa mort, qui pouvait se faire attendre pendant des années. Des sergents s'empressèrent de détacher les an-

neaux qui encerclaient ses poignets. Ils l'aidè-
rent à descendre, car son corps demeurait af-
faibli en dépit de sa transfiguration intérieure.
La princesse Walburge s'avança et drapa sa
cape sur les épaules de l'ancienne paysanne,
recouvrant la laine rude de la simple robe.

— Aquiline!

La voix chérie d'Agnan lui fit lever la tête.
Le devineur émergea de la foule. Encadré par
d'autres sergents, il était chargé de chaînes.
Le petit groupe s'arrêta à quelques foulées
d'Aquiline. Frère Bomer haussa la voix:

— Cet homme vivait avec la femme qui
abrite l'âme de Michaël le Bras du Seigneur.
Il est accusé de sorcellerie et, s'il est reconnu
coupable, ce sera Michaël qui lui ôtera la vie
au nom de Dieu.

— De quoi m'accuse-t-on? répliqua Agnan,
la voix nette et tranchante comme un nouveau
couteau.

— La liste de vos méfaits est longue. Car
nous avons fait enquête à Saint-Johan-de-la-
Pierre-Fixte.

La voix de Frère Ulphace tonna:

— Le cordonnier Robichon se souvient
d'être devenu boiteux après s'être arrêté dans
votre cabane et avoir bu de votre hydromel.
Le boucher Aubriet affirme que des douleurs
soudaines le traversent du bas du dos à ses

jarrets quand vous passez dans la rue. Le tailleur Amandin vous accuse d'être responsable de la mort de ses deux enfants en bas âge, à qui vous aviez donné une tisane peu avant leurs décès.

Frère Bomer prit le relais:

— Plus grave encore! Nous avons appris que la fille Nicolette portait des briques à la ferme des Charmes quand vous l'avez croisée dans le sentier. Peu de temps après, elle a commencé à sentir des élancements dans ses bras et des picotements dans ses mains. Quand elle est revenue au village, elle ne pouvait plus bouger ses doigts et il a fallu que le prêtre l'asperge d'eau bénite pour qu'elle soit guérie. C'est le signe infaillible d'une présence démoniaque!

Frère Ulphace conclut:

— Et ce n'est pas tout, sorcier maudit! Le boulanger Garin a vu sa femme périr dans des souffrances atroces après avoir bu une de vos fameuses tisanes. Le bétail dans les étables s'agite quand vous êtes en ville et les champs que vous traversez au printemps sont ravagés par la grêle l'été venu.

Agnan haussa les épaules:

— Sottises que tout cela! Robichon est boiteux parce qu'il est tombé en sautant dans un fossé après m'avoir visité et qu'il s'est cassé la jambe. Aubriet souffre de la goutte et il ressentirait les mêmes douleurs si je ne venais jamais au village. Les enfants d'Amandin et la femme de Garin étaient déjà malades quand je leur ai donné un peu de sirop au miel et à la jusquiame pour apaiser leurs souffrances. Si les malades que soignent les médecins de ce monde n'avaient point le droit de mourir, tous les villages de ce pays seraient de grandes villes et il n'y aurait personne en Paradis!

— Vous blasphémez!

Le devineur ne s'en laissa point imposer:

— Quant à Nicolette, elle portait sans doute trop de briques à la fois. Le poids aura étiré ses tendons et coupé le pouls de son sang. Quand elle est revenue chez elle, le pouls de son sang avait eu le temps de se rétablir.

— Et les chiens qui hurlent à la mort à votre passage? Et les bœufs qui trépignent dans les brancards? Et les champs que vous maudissez? Vous n'avez point essayé de répondre!

— Il n'y a rien à répondre. C'est...

— C'est un aveu! Votre bouche même vous condamne.

— Mais... voulut protester Aquiline, dont le visage blêmissait.

— Vous ne parlerez que sur notre ordre, Michaël, commanda Frère Bomer, le ton intense mais la voix maîtrisée pour ne point porter jusqu'aux badauds.

La langue d'Aquiline se figea dans sa bouche et un gémissement inarticulé monta de sa gorge. Agnan la regarda et une lueur de compréhension éclaira le regard du devineur. Au même moment, les sergents formaient un cercle autour de lui, chacun pointant son épieu vers le devineur.

Pourtant, l'ancien charpentier, entravé, n'aurait pu esquisser le moindre mouvement.

Au terme de ce simulacre de jugement, Frère Bomer haussa la voix et toute la ville put entendre sa requête:

— Au nom du Seigneur, Michaël, je vous demande de mettre fin à la vie de ce sorcier, dont les crimes sont sans conteste et autant d'affronts à la face de Dieu. Au nom du Seigneur, je vous en conjure!

Un tremblement secoua Aquiline. Son corps se tendait de lui-même pour obéir aux ordres du religieux. L'ombre de l'archange se nourrissait de l'attention impatiente des spectateurs et une énergie périlleuse pour les mortels l'échauffa, la soulevant brièvement de terre.

Emplie du feu du ciel, Aquiline se résigna à étendre un bras invisible. Son poing se referma sur le cœur qui battait dans la poitrine d'Agnan. Celui-ci laissa échapper un grognement soudain. Il tenta d'élever une main à sa poitrine et ses chaînes cliquetèrent. Il chancela.

Aquiline serra encore. Le cœur, tenu entre ses doigts, frémissait comme une bête sauvage. Elle étouffa un ultime spasme musculaire puis ne tint dans sa main qu'un lambeau de chair flasque. Agnan tomba à genoux, les traits révulsés, et il hurla:

— Aquiline... tu as des jambes pour marcher!

En apparence, la jeune femme n'avait point bougé. Le devineur s'effondra sur le pavé dans un bruit de chaînes. Une ovation railleuse de la populace salua sa mort. Quant à elle, Aquiline vit une colombe sortir de la fenêtre des esprits dans le crâne d'Agnan. L'oiseau se hissa à tire-d'aile vers le ciel.

Pourtant, elle apprit plus tard que certains manants de Nigelle avaient vu un lézard surgir de la bouche entrouverte du devineur et s'enfoncer entre deux pavés... Les paroles de Frère Bomer tirèrent Aquiline de sa transe.

— Implorez notre pardon, malheureuse qui avez vécu avec un suppôt du diable.

Incapable d'opposer la moindre résistance, Aquiline plia sous la volonté du religieux. Elle s'agenouilla et formula sa supplique. D'un geste magnanime, le religieux accorda le pardon de Dieu, lui faisait renouveler son serment d'allégeance à l'Ordre du Paraclet. L'humiliation était complète. Elle eut ensuite le droit de se relever et de se retirer dans la chambre qui avait été préparée pour elle dans le donjon du château.

Entourée de gens d'arme, elle traversa la foule dans un respectueux silence. Sa tête retentissait des ultimes mots d'Agnan. L'allusion était claire. Pourtant, elle ne pouvait croire que ce fût aussi simple. L'archange Michaël n'était pas une illusion; le cœur qu'elle avait senti battre dans sa main n'était pas un phantasme.

On l'enferma dans une grande chambre qui occupait la moitié de l'étage, tout en haut du donjon. La lumière du jour se faufilait par deux meurtrières, illuminant un lit princier où une famille aurait pu coucher, une table chargée de plats et de mets, et des bancs de bois peint.

L'étalage de ce luxe la réduisit au silence, même si Michaël avait vu mieux, mais le bruit de la porte refermée brutalement la rappela à la réalité. Elle était prisonnière et elle était le Bras du Seigneur, qui serait l'instrument sans volonté propre des frères du Paraclet. Allongée sur l'édredon, elle pleura sans bruit et ses larmes archangéliques n'étaient point salées.

Elle se coucha tôt, ayant résolu de ne point laisser cette servitude s'éterniser.

Dix sergents l'attendaient à son réveil, escortant Frère Bomer. Sans se presser, elle laça sa cotte de lin, prenant un malin plaisir à constater le malaise des hommes qui détournaient le regard. Le religieux donna un ordre et on apporta un surcot et des chausses d'homme, ainsi qu'un haubert aux couleurs de Nigelle. Elle s'habilla sans hésiter, retrouvant les gestes qu'elle avait répétés durant vingt existences antérieures.

— Une troupe de rustres entoure la ville, déclara Frère Bomer. Vous allez devoir la disperser. Venez avec nous.

Il ne soupçonnait rien... Aquiline se réjouit de la proximité de la bande de Thibaut, sans montrer sa joie sur son visage.

Ils montèrent ensemble jusqu'aux remparts et Aquiline jeta un regard satisfait aux champs occupés par l'attroupement d'enfants perdus. Les récoltes étaient décidément gâchées pour cette année... À l'horizon, silhouettes furtives qui se profilaient par moments contre le ciel, des goules capucines guettaient la bataille imminente qui serait pour elles une occasion de festoyer à même les dépouilles.

— Des renforts sont partis de Bellême, mais nous voulons nettoyer cette racaille avant leur arrivée. Tous les bourgeois sont dans la cathédrale. Nous leur avons dit de prier, car nous savons que la force de leur dévotion vous soutiendra.

— Certes. Mais il faudrait que je sois plus proche de la source de ma force. Retournons au parvis, messires.

Ainsi firent-ils. Les flèches et les pierres des frondes volaient déjà. Aquiline s'arrêta sur la grand-place. Là où elle avait prêté allégeance aux Frères du Paraclet, une dalle avait été scellée durant la nuit dans le pavage et la pierre était gravée d'un calice, symbolisant l'humiliation qu'elle avait bue jusqu'à la lie. Aquiline dissimula soigneusement la rage qui l'envahissait.

Elle leva la tête. Devant elle se dressait la façade austère de la cathédrale. Derrière l'édifice sacré, la butte de Nigelle tombait à pic dans les flots de la rivière Avre et les seigneurs du lieu n'avaient pas jugé bon de prolonger les remparts de ce côté. Les grandes portes étaient ouvertes et Aquiline voyait les dos des bourgeois debout à l'intérieur.

Sur un brancard abandonné à l'entrée de la loge des fossoyeurs, il y avait le cercueil d'Agnan, sans doute destiné uniquement à transporter le corps jusqu'à la fosse commune.

Le cercueil resservirait à d'autres indigents et morts suspects...

Un chant sacré retentit sous les voûtes de la nef et une force invisible déborda de la cathédrale. Aquiline se baigna dans ces flots immatériels, puisant de plus en plus d'énergie. Quand elle ne put en contenir davantage, elle s'agenouilla sur la dalle marquée du calice, puis se laissa tomber sur ses mains.

Lorsque ses blanches mains touchèrent le pavage devant elle, la pierre se fendit comme si elle avait été frappée par le tranchant d'un immense burin. Toute la ville vibra. Une fissure béa et se prolongea de chaque côté, engloutissant Frère Bomer et deux sergents, puis courut jusqu'aux rebords du plateau en formant un grand demi-cercle qui cernait la cathédrale et quelques maisons.

La fissure s'élargit, descendant jusqu'aux racines de la roche. Des sergents plus braves que sensés s'élancèrent, l'épée nue, et tentèrent de s'attaquer à la figure prostrée qui n'avait pas bougé. L'énergie qu'elle avait engouffrée se manifesta toute seule quand les épées s'approchèrent. Le métal rougit et s'amollit; les cottes de mailles s'échauffèrent à leur tour; les hommes s'enfuirent en hurlant à la sorcellerie. Frère Ulphace détala en direction des portes de la ville.

Le temps d'un respir, tout s'arrêta. La cathédrale tenait encore sur le piton de roche détaché de la butte. L'aigle de Michaël fendit les airs et porta son regard sur la multitude assemblée dans la nef. Aquiline sonda les cœurs de tous et elle jugea que tous méritaient la mort. Tous.

Elle laissa tout aller. La fissure s'élargit soudainement. Le son crissant de la roche qui travaille contre la roche se fit entendre. Des cris montèrent de la cathédrale, qui avait ressenti le premier contrecoup. Le chant de l'hymne vacilla, puis s'interrompit. En face d'Aquiline, le niveau du parvis baissa par saccades. Des maisons déchirées s'écroulèrent au bord du précipice qui s'ouvrait ainsi.

Le pan de roc qui supportait la cathédrale avait dévalé près de cinq toises de pente quand le campanile se mit à osciller, mettant en branle la cloche. Le sol de la place se craquela, des lézardes sinuèrent de bas en haut des murailles et des pierres se descellèrent. Un concert de hurlements succéda aux cantiques. Les premiers fuyards jaillirent de la cathédrale et levèrent des regards abasourdis vers la ville en contre-haut.

La chute s'accéléra. La cloche sonnait à toute volée. Les vitraux volèrent en éclats. Le campanile s'abattit au ralenti. Les murailles

valsèrent, prises de folie, et les voûtes s'écroulèrent. Ce fut une cascade de roche, où ne se
reconnaissaient plus le quartier de roc vierge
et la pierre taillée, qui se déversa enfin dans
les eaux de la rivière Avre, emportant comme
des fétus divers madriers, fagots de chaume
et corps humains dans son avalanche.

Le silence retomba peu à peu sur la ville.
Frappés de stupeur, les bourgeois de Nigelle
avaient abandonné les remparts et s'étaient
réfugiés dans leurs demeures. Quand Aquiline
se releva, elle se tint un moment sur la dalle
où elle avait fait amende honorable. Elle s'était
prosternée le jour précédent, mais elle avait
maudit le lieu de son humiliation et plus personne ne l'oublierait...

Thibaut et quelques-uns de ses fidèles en-
touraient la civière où on avait déposé le cercueil de bois foncé d'Agnan. Les poignées
étaient ornées de rubans multicolores que le
vent entortillait et tordait comme les flammèches d'un feu indocile. Aquiline les salua d'un
signe de tête et leurs mines reprirent un peu
d'assurance.

Son aigle planait encore au-dessus de la
ville, tournoyant à portée de flèche du donjon
au centre du château. La silhouette de Frère
Ulphace courait toujours, traversant les
champs pour rejoindre les renforts envoyés de

Bellême. Les goules capucines accouraient vers les débris de la cathédrale qui obstruaient le cours de l'Avre. Au sommet d'un coteau, les premiers bataillons venus de Bellême apparurent et Frère Ulphace les rencontra à mi-chemin. Le regard de l'aigle effleura ensuite la figure d'Aquiline sur ce qui restait du parvis, examinant son cœur.

L'aigle d'Aquiline jugea qu'elle méritait la mort et la jeune femme se dit que tous peut-être en ce bas monde en méritaient autant.

— Je te renie, cria-t-elle à la face des cieux. Je te renie, ô Dieu.

Michaël le Bras du Seigneur n'attendit point de réponse des nuées tournoyantes. Elle agita la main et les frères de guerre qui déva-laient le coteau s'effondrèrent dans l'herbe comme des bœufs frappés d'une masse entre les deux cornes. D'un geste de la tête, elle appela ses fidèles autour du cercueil d'Agnan son bien-aimé. Ils se mirent en marche, prenant la route du Fossé-Gorgeal.

Les premières gouttes de pluie tombèrent sur le visage d'Aquiline et les larmes de Dieu se mêlèrent aux siennes. La jeune femme goûta le sel de ses pleurs, elle qui n'avait ja-mais versé que des larmes d'eau douce, et elle sut que son âme était désormais mortelle.

Son chagrin se transforma alors en une joie plus claire que le soleil. Dieu lui avait accordé de partager le sort d'Agnan, quel que soit le destin des âmes humaines et périssables.

Ainsi, ils s'enfoncèrent dans les collines boisées que hantent les goules capucines et on ne les revit jamais. On dit qu'elle enterra le corps du devineur sous la Pierre des Druides de la forêt de Bellême, qu'elle vécut très vieille dans une cabane à proximité de l'ancienne fontaine des Romains et que sa dépouille fut brûlée au lieu-dit l'Étoile-de-la-Reine-Blanche, où se rencontrent sept chemins. Ses ossements auraient été portés sous l'antique Pierre des Druides, pour qu'elle repose en paix en compagnie de son bien-aimé.

Depuis, on a baptisé ce monument la Pierre Procureuse, car la Dame Blanche passe pour accorder des faveurs interdites à ceux qui la prient. On peut encore le voir près de l'abbaye de Sainte-Walburge...

Mais nul ne connaît la vérité, et surtout pas le diseur de cette belle aventure. Car il n'y a que six chemins au carrefour de la Reine Blanche en la forêt de Bellême, et on raconte aussi qu'Aquiline choisit de partir par la septième voie, qui n'est visible qu'aux anges de Dieu.

5

Quand les goules attaquent

L'abbé se tait. La bouteille de cidre est vide. Dehors, les nuages cachent le soleil. À l'intérieur du presbytère, le silence est lourd, comme si nous n'étions pas les seuls à retenir notre souffle.

— Mais c'est une histoire terrible! m'écrié-je enfin.

— Elle faisait les délices des veillées d'autrefois, dans la région. Vraie ou fausse, c'est une histoire d'ici. Si tu allais te promener autour de Nigelle, tu reconnaîtrais certains des noms.

— Et vous dites toujours que c'est une légende?

— Le récit n'est consigné sur aucun grimoire du Moyen Âge... Oh, il y a bien une église écroulée à Nigelle, au pied de la butte du château. Mais la plupart des pierres ont depuis longtemps resservi à la construction des maisons de la ville et les archéologues n'ont pas tiré grand-chose du reste.

Je soupire, le cœur serré par le sort d'Aquiline:

— Peut-être que c'est tant mieux, dans ce cas... C'est triste comme histoire, après tout. Elle a dû être bien malheureuse par la suite.

— Aquiline? On dit aussi qu'elle a été une abominable sorcière, le cauchemar des bonnes gens et l'ennemie des fées du pays.

Ne le crois pas!

Cette fois, j'arrive à dissimuler ma surprise. Le prêtre s'est détourné pour ranger la bouteille vide et il n'a pas vu le mouvement saccadé de ma tête. Je n'ai pas pu m'empêcher de chercher du regard la personne qui vient de parler, mais je commence à croire qu'un fantôme est bel et bien entré dans la maison. La voix était si distincte qu'il aurait fallu se tenir à moins d'un mètre pour me jouer un tel tour...

C'est alors que je sens comme le contact d'une main très froide sur ma nuque. Un instant, mon cou est gelé et insensible, comme s'il sortait d'une eau glacée. Sous le choc, j'écarquille les yeux, puis je me mords la langue. La douleur fait refluer le froid. La main tremblante, j'entreprends de masser la chair engourdie de ma nuque.

— Vous n'avez pas l'air dans votre assiette, remarque l'abbé en me regardant curieusement.

Je me lève sans plus tarder. En hissant mon sac sur mes épaules, je suis si pressé que je fais tomber la chaise où j'étais assis.

— Pardon, c'est moi, pas le fantôme, dis-je en bafouillant. Je veux dire, c'est moi qui ai fait ça!

— Quoi?

— Je vais au mont des Avaloirs, dis-je très rapidement.

Je n'ai plus qu'une envie: quitter ce presbytère au plus tôt. La légende des chaînes de saint Léonard n'a rien de l'anecdote pittoresque que j'espérais. J'entends des voix impossibles et le parquet du presbytère gémit sous mes pas comme si je piétinais les os d'une sorcière. Je sais que je redouterai dorénavant de traverser ces forêts où de vieilles pistes s'enfoncent sous les arbres, tapissées d'épaisses couches de feuilles mortes qui étouffent le son des pas. Je sais que j'aurai désormais peur des choses que je ne peux pas voir...

— Ainsi appelé à cause de ses grottes, les Avaloirs, que l'on croyait être les entrées du

royaume des goules capucines, déclare doctement le prêtre.

— Il y en avait aussi par ici? je demande
étourdiment.

— Eh oui, les goules passaient pour hanter toutes les collines aux alentours. Plus d'un
conte parle de ces morts condamnés à rester
éternellement aux portes du Paradis et des
Enfers, parce qu'ils avaient mécontenté à la
fois Dieu et Satan. Pour survivre, ces morts-
vivants étaient obligés de dévorer des cada-
vres. Afin de cacher leur pâleur morbide, ils
portaient souvent un manteau muni d'un capuchon...

— J'espère bien ne pas en rencontrer.

— Je prierai pour vous.

Allons, il veut me faire marcher! Je hoche
la tête et je dis, à moitié sincère:

— Merci. Et merci pour le repas, et aussi
pour l'histoire.

Je repars en évitant de regarder le tableau
qui m'a tant intrigué. Je crains trop de voir
les yeux d'Aquiline me suivre...

Le ciel s'est couvert. Si je ne me dépêche
pas, la pluie me surprendra en pleine campagne.

Ou les goules capucines, peut-être...
J'éclate de rire. Je voudrais bien me moquer

de mes propres craintes, mais mon rire a quelque chose de forcé.

À la sortie du hameau, la route monte insensiblement, jusqu'à la crête qui trace un horizon tout proche. La route fait un coude à cet endroit et disparaît de l'autre côté.

Sur le talus qui surplombe le virage, une forme sombre est assise.

Dès que je dépasse la dernière maison du village, je distingue clairement cette étrange sentinelle. Encore une fois, on dirait un moine sorti des pages d'un livre d'histoire. L'inconnu porte un costume aux plis amples qui ne laisse rien deviner de sa stature ou de ses membres. Un bâton de marche est allongé dans l'herbe à côté de lui... Impossible d'apercevoir le visage caché par le bord du capuchon.

La crainte m'envahit. Je sens que je n'aurai pas le courage de passer devant cet étranger. Le visage est peut-être tourné dans l'autre direction, guettant le passage d'une toute autre personne, mais j'éprouve quand même une formidable anxiété.

Je suis pourtant grand et fort. Je me suis préparé aux mauvaises rencontres. S'il s'agissait d'un chien méchant ou d'un quelconque voyou, je n'hésiterais pas. Mon bâton de marche est en noisetier et personne ne goûtera volontairement deux fois aux coups qu'il peut infliger. (Mais un mort-vivant sentira-t-il les coups de bâton?)

Je ne me suis jamais préparé à rencontrer une goule capucine!

Je marche de plus en plus lentement, cherchant une échappatoire. Il me reste moins de cent mètres à couvrir lorsque je passe devant l'amorce d'un chemin. Je n'hésite pas — je ne veux pas avoir l'air d'hésiter — et je m'y engouffre.

C'est un chemin creux, qui s'enfonce dans le paysage comme l'entaille d'une épée. Des arbres se dressent de chaque côté et leurs branchages plongent la petite route de terre dans l'ombre. Plus j'avance, plus le chemin s'enfonce et ma tête est bientôt au niveau des prés environnants. Derrière la rangée de troncs crevassés, des vaches broutent paisiblement et le bruit de mes pas attire un moment leur attention.

Petit à petit, la peur panique qui m'a étreint se dissipe. Je me rends compte que je ne sais pas où mène ce chemin.

Je songe à sortir une carte de mon sac lorsqu'un détour du chemin révèle une forme encapuchonnée qui me barre la route. Vivement, je tourne la tête: c'est pour apercevoir une autre goule capucine derrière moi.

Un piège!

J'assujettis ma prise sur mon bâton de marche, résolu à me défendre si on m'attaque.

— Donne-la-moi! lance la goule qui m'attendait.

Je n'ose pas quitter des yeux cette forme encapuchonnée et je n'ose pas non plus reculer sans savoir si l'autre derrière moi s'est rapprochée.

— Quoi donc?

— La dernière chaîne.

— Laissez-moi passer. Je ne sais pas de quoi vous parlez.

— Je t'ai vu la prendre, jeune homme.

Là-dessus, la goule repousse son capuchon et j'aperçois enfin son visage.

Mais je l'oublie tout de suite, car je suis aussitôt fasciné par ses yeux. Les prunelles claires de la créature absorbent mon regard et mon attention comme une terre sèche boit la rosée. Je suis incapable d'arracher mon regard à l'emprise de la goule. Et je reste incapable de dire quoi que ce soit au sujet des traits de la goule.

L'impression d'un blanc... Une odeur atroce qui prend à la gorge... Des paillettes scintillantes qui tournoient au fond des prunelles de la créature, comme des étoiles qui dansent...

L'odeur devient plus forte et je devine que la goule s'est rapprochée de moi. Instinctivement, j'essaie de reculer et mes jambes finissent par obéir, comme à contrecœur.

J'ai oublié la goule capucine derrière moi. Je ne l'entends pas venir, mais le coup qu'elle me porte à la tête m'arrache un hoquet de surprise. La douleur vient après, de grandes vagues de souffrance qui traversent mon crâne et rejaillissent sans jamais s'apaiser...

Je ne perds pas tout à fait connaissance, mais je titube, ébloui. Mes assaillants en profitent pour m'attraper, me retenir, défaire les attaches de mon sac à dos...

Quand mes deux adversaires me relâchent, c'est pour mieux arracher mon sac à dos. Une poussée et je me retrouve par terre, la vue embrouillée. J'entends les deux goules fouiller dans mon sac, mais les sons semblent parcourir des étendues immenses pour m'arriver d'un pays qui n'est pas le mien. Le tintement sourd des maillons de la chaîne ne suffit pas à me tirer de ma torpeur, pas plus que le son des pas d'une goule qui s'approche de moi.

La créature me retourne sur le dos. J'esquisse un geste dérisoire pour me relever, aussi faible qu'un boxeur au tapis, et la goule me repousse.

— Il faut l'occire, dit-elle à l'autre.

— Sans nul doute.

Cette fois, je ramasse mes forces. Ma vue commence à s'éclaircir et je peux voir les dents de la goule briller.

— *Kakotukhèo!* s'exclame-t-elle soudain. On vient!

À mon tour, j'entends le bruit d'un tracteur, de plus en plus fort dans le tunnel de verdure du chemin creux.

— Rendez-vous à la cote 400! lance l'autre goule.

Sans demander leur reste, mes assaillants choisissent de s'enfuir.

Péniblement, je me redresse et je m'appuie à l'arbre le plus proche, encore étourdi. Les goules ont laissé mon sac entrebâillé au bord du chemin, mais l'énergie pour faire les quelques pas nécessaires afin de m'en rapprocher et de l'inspecter me fait défaut. Je me concentre sur ma respiration et sur l'arbre dont je sens l'écorce sous ma main.

Le tracteur est précédé d'une odeur pénétrante, qui contribue à chasser les brumes de mon cerveau. Les pneus du véhicule effleurent la pointe de mes pieds et j'entends vaguement le chauffeur m'injurier. Je cligne des yeux, la tête trop douloureuse pour songer à répondre.

Le tracteur tire une citerne remplie à ras bord de purin clapotant. L'odeur me soulève le cœur, mais je me demande si ce n'est pas elle que je sentais tout à l'heure...

Je me laisse retomber, toujours appuyé à l'arbre. Je reste assis, entièrement occupé à respirer comme si c'était le plus merveilleux passe-temps au monde. Il s'en est fallu de peu que je doive y renoncer et j'inspire à fond, le cou raide parce que j'ai trop peur d'ébranler une tête qui ne demande qu'à tomber en morceaux.

L'air qui gonfle mes poumons sent le purin, l'humus, les feuilles mortes, le bois sec, mais il sent aussi la vie. Ma tête ballotte et j'ai envie de me laisser aller...

Non!

J'essaie d'ouvrir les yeux. Est-ce que je rêve? Dans la pénombre du chemin creux, il y a une brèche dans le monde. C'est-à-dire que le talus en face de moi a cessé d'exister entre la souche à droite et une grande pierre plate à gauche. Il y a un blanc, comme si la pellicule avait brûlé en plein milieu, laissant voir l'écran...

Puis je comprends que ce n'est pas une absence, mais une présence. Une forme blanche. Qui s'approche de moi.

Ce n'est pas une goule. C'est la Dame Blanche.

— Michel...

La voix est soupirante, si douce que c'est comme si elle n'était pas là. Elle existe à part du chant timide des oiseaux, du vent qui embrasse les branches et du ronronnement lointain des voitures.

— Tu me vois parce que tu crois... Tu m'entends parce que tu m'attends...

Je peux distinguer son visage blême, moins blanc tout de même que sa longue robe immaculée. Elle ne ressemble guère à la jeune femme du tableau, mais je l'avais imaginée ainsi. Sa peau est claire et sans défaut, ses yeux sont bleus et froids comme une vasque d'eau de source, ses cheveux sont blancs et pourtant aussi souples et fournis que la parure d'une jeune princesse.

— Qui es-tu? je demande à voix basse.

— En ce monde? Un petit vent qui souffle des mots devant lui, au hasard, et qui les fait retomber comme une poussière de glace quand il se fatigue. L'haleine d'une morte, quoi! Un fantôme, disent les mortels.

— Le fantôme d'Aquiline?

— Oui... (L'hésitation est palpable.) C'est le nom que je portais autrefois, il y a longtemps.

Je m'enhardis:

— Et tu étais aussi un archange?

— Peut-être... Mais on m'a claqué au nez la porte du ciel, après ma mort.

Sa voix s'est durcie. Plus réelle, moins belle. Avant que je puisse poser une autre question, la revenante ajoute:

— J'ai essayé de me faire une place dans le monde enchanté, le monde où s'est réfugiée toute la magie d'antan. Les fées n'ont pas voulu de moi. Je me suis battue longtemps, mais j'ai été vaincue. Mes ossements ont été dispersés et j'ai perdu ma force.

Sa voix est triste:

— Michel... Ils veulent me faire revivre, me prendre au piège d'un sortilège comme un démon dans une bouteille. Il faut que tu m'aides.

— À faire quoi?

— À me libérer. S'ils m'enchaînent, ils auront une esclave puissante à leur service, trop puissante pour leur faible sagesse. Et ils ont maintenant la dernière chaîne qu'il leur fallait.

— Ils? Mais qui ça?

— Les g...

Le soleil vient d'échapper à la garde des nuages. Apparaissant entre les branches des arbres au-dessus de moi, le disque d'or incandescent m'éblouit.

Quand je rouvre les yeux, c'est la figure de Victeur Gandelain que j'aperçois au-dessus de moi. J'ai encore en tête les dernières paroles de la Dame Blanche et, le ton affolé, je m'exclame:

— La chaîne... Elles ont pris la chaîne...

— Quelle chaîne? demande l'abbé.

— La dernière chaîne de saint Léonard, je balbutie. Elle était dans mon sac. Je l'avais trouvée ce matin dans un champ...

— Ah, je commence à comprendre...

Il m'aide à me relever. Tout d'un coup, je m'étonne de sa présence:

— Mais comment avez-vous su?

— Je ne suis pas rentré tout de suite. Remuer toutes ces vieilles histoires m'a beaucoup donné à penser. Et comme je suis resté sur le pas de la porte, je te voyais au loin. Quand tu as quitté la départementale, je me suis inquiété. Et quand j'ai vu cet individu en froc te suivre...

Lorsque je songe que les goules ont eu tout le temps voulu pour me dépouiller et la Dame Blanche de me faire la conversation, je m'écrie avec dépit:

— Vous ne vous êtes pas dépêché!

— Mais je suis parti tout de suite, s'étonne-t-il. Dès que je t'ai vu tourner dans le petit chemin. Je savais que c'était un cul-de-sac, qui aboutit à une ferme en plein champ.

Je cligne des yeux. Déjà, je ne sais plus si j'ai rêvé ou si j'ai vraiment parlé à l'enchanteresse.

Je m'excuse et il me raccompagne jusqu'à la grand-route, après m'avoir aidé à refermer mon sac. Je lui raconte ce qui s'est passé, en omettant de parler de ma vision du fantôme d'Aquiline. À la fin, je m'accuse en serrant les poings:

— J'ai eu peur, j'aurais dû rester sur la grand-route et rien ne serait arrivé! Mais j'ai eu peur, je ne pensais plus ou je pensais trop...

Qu'est-ce que je suis allé imaginer? Qu'on allait m'attaquer au bord d'une route départementale, en pleine vue des automobilistes et camionneurs? Si seulement j'avais réfléchi une seconde... Mais j'ai imaginé tout et n'importe quoi, comme si je n'avais plus ma raison.

— Ne t'en fais pas trop, Michel, dit doucement le religieux. Il paraît que les goules distillent la peur. Si c'étaient bien des goules comme dans les contes, résister à l'horreur qui en émane était sûrement au-dessus de tes forces.

Ce n'est pas exactement ce que je voulais entendre. Piqué au vif, je me retourne vers l'abbé:

— Ah, c'est bien de votre faute avec toutes vos histoires de goules! je me récrie. Une simple légende, hein!

— Je n'ai pas dit que ce sont des goules que j'ai vues, réplique-t-il calmement. De loin, un individu déguisé peut passer pour n'importe qui, ou n'importe quoi.

Je proteste:

— J'ai été comme hypnotisé. Si j'avais su que je risquais de faire de telles rencontres par ici...

— Tu n'aurais pas dû me cacher que tu avais trouvé une chaîne de saint Léonard! riposte Gandelain, soudain acerbe.

Moi, je reste muet. Il a touché juste: si elle est bien une relique encore marquée par la magie, la chaîne suffisait sans doute à les attirer. J'ai eu tort d'accuser l'abbé. Les goules ont dû me suivre à la trace depuis le champ où j'ai trouvé la chaîne.

Je suis tenté de hausser les épaules et de laisser tomber. Les goules peuvent faire ce qu'elles veulent de cette maudite chaîne! Tant pis pour la Dame Blanche. Je serais fou de me lancer à leur poursuite sur la foi des paroles d'un fantôme qui n'était sans doute qu'une hallucination.

Fou, oui, mais je me dis tout bas qu'il y a des folies plus méprisables que celle-là.

6

Le témoignage de l'architecte

Quand je débouche du chemin creux, le soleil luit encore, poursuivi par des escadrons de nuages, et j'ai un étourdissement. Le prêtre se radoucit:

— Je pense qu'il faut que tu reviennes chez moi. Je ne peux pas te laisser continuer dans cet état.

J'accepte l'invitation sans rechigner. J'ai encore les jambes qui vacillent. Au bout de quelques pas, le prêtre reprend, sur un ton songeur:

— Mais qu'est-ce que ces goules, si c'étaient effectivement des goules, vont faire avec ces chaînes? Ce ne sont tout de même pas des collectionneuses de vieilleries.

— Peut-être qu'elles veulent enchaîner quelqu'un, je suggère en songeant aux paroles de la Dame Blanche.

— Nous ne sommes plus au Moyen Âge! me rembarre le prêtre. Des chaînes de chez le quincaillier feraient tout aussi bien l'affaire. Les gens ne sont plus si crédules qu'ils laisseraient la légende de saint Léonard les effrayer... Non, je pense plutôt à un rituel quelconque, peut-être même quelque messe noire de satanistes...

Il a dit cela en baissant la voix, comme s'il ne voulait pas me parler de telles choses. Mais je n'ai pas oublié les confidences de l'enchanteresse et je lui souffle la réponse:

— L'invocation d'un fantôme?

— Peut-être. Mais, dans ce cas, les chaînes ne suffisent pas. Il faudrait autre chose.

— Comme quoi?

— Attends un peu, il me vient une idée...

Il s'interrompt, le temps de nous faire rentrer dans le presbytère. Il m'offre un verre de lait et une aspirine pour me remettre l'estomac et la tête à l'endroit. Quand je retrouve un peu de ma présence d'esprit, je lui demande de continuer.

— Eh bien, grâce à mon oncle, j'ai ici un document médiéval sur des événements surnaturels qui ont eu lieu à Nigelle. Oh, il n'est pas question d'Aquiline, mais d'une aventure étrange comme il en arrivait aux hommes du Moyen Âge dès qu'ils sortaient de leur village.

Surtout, on y mentionne un puissant talisman: un crâne laissé par un visiteur surnaturel. Et comme il faudrait à des nécromants un vestige quelconque du fantôme qu'ils veulent invoquer...

Je crois qu'il est tombé juste. Je me souviens que la Dame Blanche a parlé de ses ossements dispersés, comme s'ils étaient dotés d'un certain pouvoir. Convaincu d'être sur la bonne piste, j'encourage l'abbé à poursuivre:

— Mais comment votre oncle a-t-il mis la main sur ce document?

— C'était l'archiviste municipal de Nigelle, M. François Gandelain. À la fin de la dernière guerre, on a fait appel à lui pour l'inventaire des papiers trouvés dans le quartier-général local de l'Abwehr.

— L'Abwehr?

— Un service de renseignement des Nazis. Les Allemands avaient réquisitionné la maison que l'escroc Serge Stavisky avait fait construire pour sa bien-aimée à Nigelle, un peu avant la guerre[†]. Il y avait de tout: des bibliothèques confisquées, des documents saisis lors des rafles de Juifs, des livres emportés lors d'une perquisition... Quand la Libération

---

[†] Voir *Un printemps à Nigelle* et *Un hiver à Nigelle*, dans la même collection.

a eu lieu, mon oncle a été chargé de mettre de l'ordre dans le tas. Et il a découvert...

— Quoi?

— Un incunable, c'est-à-dire un des premiers livres imprimés au quinzième siècle. Quand il a ouvert sa trouvaille, des feuillets de parchemin en sont tombés. Il a vite compris que ce n'étaient pas des pages du livre, mais un document beaucoup plus ancien, autrefois collé à l'intérieur de la couverture par des cachets de cire. Tiens, le voici...

Le prêtre sort un coffret. Quand il fait glisser le couvercle, j'aperçois une sorte de petit cahier aux pages à peine jaunies par le temps. Une écriture médiévale au trait plein et ferme remplit toute la largeur de la page, presque sans laisser de marge.

— En tout, il y a quatre feuillets de parchemin, mais pliés en deux, ce qui donne seize pages au total, ajoute le prêtre. Pas d'illustrations, rien que du texte. Pourtant, l'écriture et quelques détails portent à croire que l'auteur est un célèbre architecte et ingénieur du treizième siècle, Villard de Honnecourt...

Sept siècles! Je contemple plus respectueusement le petit cahier que mon compagnon ose tout juste toucher du bout du doigt. Le prêtre referme le coffret et range de nouveau le manuscrit dans son secrétaire. Puis, il sort deux cahiers d'écolier d'un tiroir.

— Cette absence d'images est étrange, car Villard de Honnecourt est connu comme l'auteur d'un carnet de dessins précieusement conservé à la Bibliothèque Nationale... Mon oncle a soigneusement retranscrit dans un cahier le texte du parchemin. Ensuite, il s'est attelé au travail de la traduction en français moderne, avec l'aide d'un collègue canadien. Le résultat se trouve dans ce cahier-ci et...

— Un instant! dis-je en lui coupant la parole. Si l'autre carnet de Villard de Honnecourt est un trésor national, comment se fait-il que vous ayez toujours celui-ci?

Pour la première fois, je vois l'abbé trahir un certain embarras. Son regard se perd dans le vague et il ne répond pas tout de suite. Un soupir s'échappe enfin de sa poitrine et il avoue, en se tordant les mains:

— Nous avons eu peur...

— Peur?

— De faire rire de nous. Le texte que mon oncle a traduit raconte une histoire tellement bizarre qu'elle passerait pour une fabrication. Les universitaires nous accuseraient d'avoir forgé ce document de toutes pièces. Et pourtant, et pourtant...

Le prêtre secoue la tête en me tendant les deux cahiers d'écolier.

— Michel, je te jure que je n'invente rien. Et que mon oncle n'était pas un menteur.

C'est en hésitant que j'accepte les deux cahiers. Malgré l'enthousiasme qui brille dans les yeux de l'abbé, je commence à me demander s'il ne s'égare pas un peu, simplement parce que c'est un héritage de son oncle.

— D'accord, dis-je. Mais où voyez-vous un lien avec Aquiline?

— Lis, répond-il laconiquement. Et dis-moi ce que tu en penses.

Je dépose les deux cahiers sur la table et j'ouvre le premier.

Je me penche sur les premières lignes consignées dans le cahier vieux de quarante ans. Ironiquement, le papier du vingtième siècle a jauni plus vite que le parchemin du treizième siècle. L'écriture du vieil archiviste de Nigelle est appliquée et très lisible.

Le hic, c'est que je ne comprends qu'un mot sur trois! Je suis tombé sur le texte en ancien français:

Wilars vos salue et si proie a tos ceux qui cest livre ovriront qu'il proient por s'arme et qu'il lor soviegne de lui, car en cest livre puet on trouver grant consel por le destinement de la creoison. La roelle m'a doné encontre qu'ors jo vol vos conter lores que jo tochie li chief en cel mont.

Une feiz estoie en la cyté de Nigelle maint jor a la fin de redrecier celi eglise escrollée depuis desja huit vies dels homs. Li estruit novel estoit lez la grant place au chief de la rue qui dessendeie deu chastel sor le mont. Jo sejornoie por la meie ovraigne en la loge les maçons et osteloie en la maisoncele la preudefeme Quintine.

Tost apres le mien avenement vint li chanoine de Coutretost por trover consel car les soes hoeilles voloient restruire la viele chesedeu deu vilel. Por cincain sols acreantai jo d'acompaignier de bon matin cestui pere Aubin et de jornoier juesque chiés lui ou destinoie la fabrique proisier et le mien avisement doner.

Je cligne des yeux, les oreilles bourdonnantes. Qu'est-ce que... Mais il n'y a plus rien.

En déchiffrant ces lignes barbares, j'ai cru entendre une voix douce et rêveuse prononcer chaque mot dans le creux de mon oreille. L'intonation était parfaite. J'ai eu l'impression de commencer à saisir de quoi il était question, de penser comme un homme du Moyen Âge. Puis tout s'est évanoui quand la voix s'est tue.

— *Wilars*? dis-je machinalement. Quel rapport avec l'autre, le Villard dont vous parliez?

— C'est son nom en ancien français. Mais ce n'est pas lui qu'il faut lire, intervient l'abbé en refermant le cahier sous mes yeux. C'est l'autre... Michel?

— Oui, oui, je m'empresse de dire. Je pensais à autre chose...

Cette fois, je m'assois avant de commencer ma lecture de la traduction en français moderne du texte de Villard de Honnecourt. Et je regrette de ne pas entendre la même voix me chuchoter à l'oreille des paroles de l'ancien temps...

Wilars vous salue et il supplie tous ceux qui liront ces pages de prier pour son âme et de songer à lui. Car ils y trouveront un témoignage de première importance pour l'avenir de la création. La roue de la Fortune m'a ménagé une rencontre que je veux vous conter maintenant, alors que je suis rendu à la fin de mes jours en ce bas monde.

J'étais venu en la ville de Nigelle, où je restai de nombreux jours pour reconstruire l'église écroulée voici déjà huit générations. Le nouveau chantier était situé sur la grand-place, au début de la rue qui monte au château sur la butte. J'étais installé pour mon ouvrage dans la loge des maçons et je demeurais la nuit chez la commère Quintine.

Peu après mon arrivée, le chanoine de Coutretôt est venu me voir pour prendre conseil, car ses ouailles voulaient restaurer la vieille église du village. Pour une prime de cinq sols, j'acceptai de raccompagner le lendemain ce père Aubin jusque chez lui, où je comptais inspecter la fabrique et donner mon avis.

Nous partîmes de bon matin et nous prîmes la route qui suit la rivière Berthe par fond de val. La journée était belle et nous décidâmes de marcher, car je n'étais point vieux encore.

Je ne connaissais pas ce chemin, étant arrivé par la route de Chartres qui traverse Combray. Le vent murmurait dans les champs de blé qui jaunissaient au soleil, mais la chaleur était lourde. Nous fûmes contents d'atteindre l'ombre de la forêt du baron de Tremont. C'est à l'orée de ce bois qu'un bruit attira notre attention de l'autre côté de la rivière Berthe.

On aurait dit un long roulement de tonnerre. Mais il n'y avait pas de nuages dans le ciel.

Un chariot descendit alors du ciel, et il était entouré de flammes qui ne le consumaient point. Le son du tonnerre se tut. Un homme en sortit, mais il ne ressemblait à aucun autre homme des pays chrétiens. Le chariot de feu s'éleva de nouveau sur un pilier de nuées et disparut en un battement de cœur.

De cette distance, je vis que la peau du survenant avait la couleur de l'airain. Il a tourné la tête et il nous a vus. La rivière Berthe était entre nous et lui, mais elle ne l'a pas arrêté.

Une lumière est apparue, comme les auréoles qu'on voit dans les vitraux mais entourant tout son corps. Et l'homme a marché sur les flots de la Berthe. Il est venu ainsi vers nous, comme Notre Seigneur qui avait marché sur le lac de Tibériade pour rejoindre ses apôtres.

Le bon père Aubin tomba à genoux, faisant le signe de la croix. Tout tremblant, j'attendais. La lueur céleste disparut et l'homme escalada la berge abrupte, sans montrer son effort. Il traversa un bosquet sans dévier de son chemin et nous avons ouï alors les craquements de branches et de ramilles rompues.

Il s'est arrêté à quelques pas de nous. Ce jour-là, je l'ai bien regardé et je le revois encore...

J'ai été en moultes terres et jamais n'ai vu semblable créature. Il ressemblait à une statue de païen, la peau légèrement cuivrée, car il était dépourvu de vêtements. Il n'avait point de cheveux sur la tête, ni ailleurs sur son corps.

D'une voix grave et profonde comme celle de l'orgue, il articula:

— Me comprenez-vous?

Bouche bée, j'ai hoché la tête. J'étais rendu muet par la surprise comme un homme à qui on aurait arraché la langue.

— *Je suis un envoyé. La puissance qui m'envoie ici est responsable de la préservation des mondes. Elle désire savoir si les hommes de ce monde le mettent en danger.*

Le père Aubin se releva, tout réjoui, et il prononça avec force:

— *Car, dans la Bible, Dieu a dit: «Mais je demanderai compte du sang de chacun de vous. J'en demanderai compte à tous les animaux et à l'homme, aux hommes entre eux, je demanderai compte de l'âme de l'homme.» L'heure du jugement est arrivée! Les envoyés de Dieu marchent sur terre! Dieu renouvelle son alliance avec nous!*

Moi, plus méfiant, je demandai plutôt:

— *Et si vous jugez que nous mettons en danger l'existence du monde?*

L'envoyé n'a point répondu. Du doigt, il a pointé une butte rocheuse qui surplombait les flots de la Berthe. La foudre est alors tombée du ciel, traçant une ligne droite et sans coudes qui avait la couleur et la brillance de l'or liquide. Un grondement de tonnerre a retenti dans toute la vallée.

L'instant d'après la roche avait fondu comme beurre dans la poêle. Des gouttes tombaient dans la rivière et des nuées de vapeur montaient de l'eau qui bouillonnait. De la butte rien ne restait.

S'il était un chien de Dieu, il avait des dents pour mordre. Et quelles dents!

— Après le déluge des eaux, ce sera le déluge de feu! dit alors mon compagnon, sa mine rubiconde pâlissant quelque peu. Avez-vous un nom?

— Appelez-moi l'Inquisiteur Dix-Sept.

— Êtes-vous un ange, sire, comme celui de l'Annonciation faite à Marie ou ceux qui ont visité Lot à Sodome, dans les Écritures saintes? demandai-je, pour en avoir le cœur net.

— Ange point ne suis, protesta le survenant. Je ne suis qu'un envoyé.

— Ange ou envoyé, c'est la même chose en grec ou presque, dit le père Aubin soudain. Je crois que vous êtes véritablement un membre des légions séraphiques.

Ébahi par tant de prodiges, mon compagnon de route avait perdu toute défiance. Il se présenta, puis je me nommai à mon tour. L'envoyé nous observa, comme s'il mettait nos visages sur parchemin. Enhardi, je résolus pour ma part d'accepter les dires de la créature, car mes doutes étaient ébranlés par ce que j'avais vu.

7

L'heure entre chien
et loup-garou

Dehors, l'échappée du soleil a été de courte durée. Les nuages l'ont rattrapé et ils occupent désormais le terrain, d'un horizon à l'autre. La pluie a commencé à tomber, battant les vitres du presbytère.

Le cahier est resté ouvert devant moi et je relis ces lignes extraordinaires sans me soucier de poursuivre ma lecture.

— Un chariot de feu? je m'exclame enfin. Voulez-vous me faire croire que c'était un extraterrestre?

— Ou peut-être tout simplement un ange, comme le croyait Wilars. Ne tirons pas de conclusions hâtives. L'un est-il vraiment plus incroyable que l'autre?

Je dois convenir qu'il a raison. Je dois admettre que son oncle aussi avait raison. Aurait-on pris un tel récit au sérieux? N'aurait-on pas tout tenté pour démontrer que le manuscrit était un faux? Révéler au monde l'existence de ce document, c'était s'exposer au ridicule.

Je le comprends très bien, moi qui n'ai pas encore osé parler des manifestations du fantôme d'Aquiline. À chaque fois que j'essaie d'y faire allusion, que je songe à tout dire, j'imagine sans peine l'éclat de rire du prêtre. Ou, pire, son regard compréhensif et apitoyé...

— Et le rapport avec notre affaire? je demande en me ressaisissant.

L'abbé pousse un soupir. Il donne l'impression de s'arracher les mots de la bouche:

— Admettons que c'était un ange, Michel. Non, ne fais pas la grimace tout de suite, j'ai dit: «Admettons!» Villard de Honnecourt termine son histoire sur la disparition de l'Inquisiteur Dix-Sept, qui laisse derrière lui un talisman dont il n'a plus besoin. Villard décrit un vieux crâne jauni.

— Qui serait celui d'Aquiline?

— Je le pense. Voici pourquoi: notre Wilars a non seulement construit l'église Saint-Jacques-de-l'Aumosne à Nigelle, mais il l'a aussi enrichie d'une relique qui... Seigneur!

— Quoi?

— Il avait fait don à l'église d'une précieuse relique, longtemps gardée dans un reliquaire. Il avait fallu la cacher pendant la Révolution, mais elle avait survécu jusqu'à l'an dernier. Il s'agissait, paraît-il, du crâne de Saint-Michel-de-Trémont.

Je saisis tout de suite le lien que l'abbé fait entre ce crâne et l'archange Michaël le Bras du Seigneur, c'est-à-dire Aquiline.

— Et qu'est-ce qui est arrivé l'an dernier?

— L'église a été cambriolée. Curieusement, tout ce qu'on a pris, c'est le crâne de cet obscur saint qui n'est pas même inscrit au calendrier... Sans toucher au reliquaire en or massif.

Je ne suis même pas étonné. Après le musée de l'abbaye de Sainte-Walburge, l'église de Nigelle! Le rapprochement se fait tout seul. Les responsables du vol de la chaîne de saint Léonard sont sûrement aussi coupables du vol de ce crâne.

— Un autre vol, dis-je, dépité. Comment l'interprétez-vous?

J'ai l'impression que tous les indices possibles fuient entre nos doigts. Mais leur disparition même dissipe une partie de nos incertitudes. C'est la preuve que quelque chose de terrible se prépare. Je me tourne vers l'abbé

en espérant l'entendre confirmer mes soupçons...

— Supposons que ce crâne était bien celui
d'Aquiline... Il aurait été déposé sous la Pierre
Procureuse, puis récupéré à une date que
j'ignore...

— Récupéré par qui?

— Tu es décidément trop pressé... Laisse-
moi finir: si c'est le crâne de la dernière incar-
nation de l'archange Michaël, on peut suppo-
ser que l'ange rencontré par Villard de Honnecourt s'en est servi pour revenir à Nigelle.
C'était un pont entre le monde des anges et le
monde des mortels.

— Le crâne serait comme une... porte?

— Ou la clé d'une porte. L'Inquisiteur Dix-
Sept en aurait eu besoin pour revenir dans son
monde. Mais une fois la porte ouverte pour
son retour, il n'avait plus besoin du crâne. Il
l'a donc laissé entre les mains de l'architecte
au moment de partir, en guise de souvenir.

Je fronce les sourcils:

— Mais, dans ce cas, les goules ont désormais tout ce qu'il leur faut!

— Et même plus: tu te rappelles que j'ai
mentionné des cas de vandalisme dans les
parages de l'abbaye de Sainte-Walburge? L'un
des plus curieux a eu lieu à deux pas de l'abbaye. Les coupables ont fait tout un saccage

autour du dolmen de la Pierre Procureuse. Ils ont creusé des trous dans le sol, un peu au hasard, et ils ont même abattu un des petits menhirs. On n'a pas compris pourquoi, mais peut-être cherchaient-ils les autres ossements de la Dame Blanche!

— Pour invoquer son fantôme?

Il ferme les yeux, comme accablé par ses propres pensées.

— Impossible d'en être sûr... Mais je jurerais qu'on prépare effectivement un sinistre rituel, une invocation démoniaque, que sais-je, ou pire encore... Si des nécromants ambitionnent de ressusciter Aquiline, ou du moins de rappeler son âme pour l'asservir au moyen des chaînes de saint Léonard, tout s'expliquerait... La réunion de ses ossements agirait comme un appât irrésistible. Et les chaînes empêcheraient Aquiline de repartir.

Je reste muet. Tout mon être épris de raison scientifique se révolte contre une supposition aussi absurde, Dame Blanche ou non. Gandelain lui-même semble réticent. Il a tiré toutes les conséquences d'une hypothèse, mais cela ne veut pas dire qu'il accepte l'existence des goules.

Mais j'ai été appelé par un fantôme, attaqué par des goules capucines et visité par une morte. Je n'en suis plus à une absurdité près.

D'une main distraite, l'abbé ramasse les deux cahiers. Préoccupé par l'hypothèse qu'il a formulée, il a la mine songeuse et marmonne tout bas:

— Pourquoi maintenant? Voilà ce qui m'intrigue. Tous les fils semblent se nouer en même temps, comme si...

De nouveau, il tape du poing dans sa main ouverte.

— Saint Nom de Jésus! Quel jour sommes-nous, Michel? Je vais te le dire: aujourd'hui, c'est le solstice d'été!

— La nuit la plus courte de l'année.

— Exactement! (Il hausse le ton, gagné par une fébrilité qui m'effraie.) Le jour venu, les esprits mauvais se dissipent. Des nécromants qui souhaiteraient en retenir un choisiraient forcément la nuit du solstice pour augmenter leurs chances. Comprends-tu? De cette manière, le sortilège n'a pas à durer aussi longtemps!

Je fronce les sourcils:

— Euh, je ne suis pas un spécialiste des rites sataniques...

— Moi non plus. Mais je veux en avoir le cœur net.

Le bon abbé se précipite dans sa chambre et il en ressort avec un almanach. Ensemble, nous feuilletons les pages du petit livre.

— Nous y voici, prononce enfin le prêtre. Le solstice a lieu très précisément cet après-midi, un peu avant dix-huit heures. La nuit risque d'être hantée... Si rituel il y a, il commencera dès la tombée du jour, presque quatre heures plus tard.

Machinalement, ma tête pivote dans la direction du tableau. Je m'attends presque à entendre une voix douce et tendre me susurrer: «Sauve-moi!» Mais il ne se dégage plus la même impression de vie du tableau. Les yeux du personnage féminin au centre de la toile sont figés, éteints et mornes. Du coup, je m'aperçois que ce que je m'étais habitué à considérer comme le fantôme de la Dame Blanche ne s'est plus manifesté depuis son apparition dans le chemin creux.

Est-ce l'aspirine qui l'a exorcisé?

Puis je me souviens qu'on m'a pris la dernière chaîne de saint Léonard. Si la présence d'Aquiline est liée aux restes de son existence mortelle, son fantôme est sans doute loin à présent. Et c'est cette absence qui achève de me convaincre.

Je me surprends à redouter le pire pour elle. Les conjectures de l'abbé rejoignent les confidences d'Aquiline. Un sort terrible guette la Dame Blanche si nous ne nous en mêlons pas.

Brûlant d'une énergie nouvelle, je me re-dresse:

— Reste à savoir où!

— Oui, dit Gandelain, c'est tout un pro-blème...

Il se carre dans sa chaise, pensif, puis re-prend:

— Normalement, je serais porté à suppo-ser que tout doit se passer autour de la Pierre Procureuse. Le lieu de l'inhumation serait le lieu de la résurrection.

— Ce serait logique, non?

— Si on se fie aux légendes, peut-être. Longtemps, la Pierre Procureuse a passé pour être la demeure des fées près de Nigelle. Les paysans venaient supplier l'esprit qui hantait les lieux de leur procurer ce qu'ils avaient honte de demander aux saints ou à Dieu. Mais on dit aussi que la fée ou démone qui habitait la Pierre Procureuse a été exorcisée.

— On ne peut pas défaire un exorcisme?

— La question n'est pas là, dit Gandelain en faisant la grimace. C'est à une bonne heure de route et nous ne pouvons pas risquer de nous tromper. Ce qui m'intrigue, c'est l'acti-vité de ces «goules» dans la région. La chaîne enterrée dans le champ près de Pont-Percé. L'attaque dont tu as été victime...

Il se lève, déployant toute sa taille, et fait les cent pas dans la cuisine.

J'essaie moi aussi de réfléchir. Il me semble que je sais quelque chose à ce sujet, qu'un élément d'information est tombé dans ma pauvre tête meurtrie, mais j'ai encore les idées si en désordre que je n'arrive pas à le retrouver.

Faute de le retrouver, je me souviens des paroles de l'abbé plus tôt et je lance:

— Ne disiez-vous pas que le mont des Avaloirs est le haut-lieu des goules capucines?

— Selon la légende, précise automatiquement le prêtre.

L'instant d'après, il prend un air penaud et s'excuse:

— Pardon, Michel, tu as raison... Légende ou pas, nous avons affaire à des gens qui prennent les légendes au sérieux. Mieux vaut faire comme eux si nous voulons les dépister. Prenons-les au mot.

Il hésite, puis reprend:

— Par contre, tu m'as bien dit que cette «goule» t'a réclamé la *dernière* chaîne?

— Oui, c'est exactement le mot qu'elle a employé.

Ses yeux s'illuminent.

— As-tu une carte?

Je sors de mon sac une carte routière de la région. Il la déplie et l'étale sur la table.

— Regarde, Michel, dit-il. La Pierre Procureuse se trouve ici. L'abbaye de Sainte-Walburge, où on a volé la première des quatre chaînes, est ici. (Il encercle au crayon un petit symbole surmonté d'une croix.) Et le mont des Avaloirs est ici. Maintenant, si on trace une ligne droite entre la Pierre Procureuse et le mont des Avaloirs...

— Comment avez-vous deviné? m'exclamé-je, en arrondissant les yeux.

Le trait traverse l'abbaye de Sainte-Walburge. Mais l'abbé n'a pas terminé sa démonstration. Il marque du bout de son crayon un point en rase campagne, non loin de Pont-Percé.

— C'est bien là que tu as trouvé la quatrième chaîne? demande-t-il. La *dernière* chaîne, pour employer l'expression même de ton assaillant...

Je hoche la tête. Comme il fallait s'y attendre, l'emplacement indiqué par le prêtre touche presque à la ligne tracée plus tôt. Mes yeux remontent la ligne vers l'est et je lis le nom de la petite ville de Mamers, à moitié barré par le trait.

— Mamers! Ça me rappelle: c'est là que le journal a dit qu'une vieille bombe anglaise avait explosé l'autre jour!

Gandelain me comprend à demi-mot:

— Mais s'il y avait une chaîne au fond du trou et qu'on l'a retirée avant l'arrivée des experts...

L'abbé n'a pas besoin d'en dire plus. Je peux deviner le reste. Le trou a mystifié les experts, qui ont conclu à une bombe. Bien malin celui qui prouvera le contraire... Encore que je n'ai pas la moindre idée de ce qui a pu provoquer ces explosions. Une incantation magique? Un dispositif conçu pour creuser des trous dans le sol?

— Et la troisième chaîne? je demande.

— Nous ne le saurons peut-être jamais, mais je soupçonne qu'elle se trouvait ici... (Il appuie l'extrémité de son crayon sur le nom d'une autre petite ville: Neufchâtel.) Dans les ruines de la vieille abbaye de Perseigne.

Il hausse les épaules.

— L'important, c'est la direction. La première chaîne a été volée à l'abbaye, la seconde a été déterrée à Mamers, la troisième à Neufchâtel, peut-être, et la «dernière» a été trouvée à deux pas de Pont-Percé.

Je hoche la tête:

— Et on va ainsi de la Pierre Procureuse au mont des Avaloirs. Ce serait donc bien le mont des Avaloirs?

— Oui. La voie est ainsi tracée de la mort à la résurrection.

Je souris à demi. Je fais confiance au prêtre pour interpréter les symboles. C'est quelque chose de plus terre à terre qui m'inquiète:

— Mais ces chaînes sont là depuis des siècles. Pourquoi montreraient-elles le chemin du mont des Avaloirs?

— Je n'en ai pas la moindre idée, Michel. Si tu y tiens, tu es libre de croire qu'on a prévu, il y a longtemps, de rappeler en ce monde l'âme d'Aquiline.

— Mais qui? Et pourquoi faire?

— Aquiline elle-même, qui sait? Ou ses ennemis. Je suis sûr qu'elle n'aurait pas hésité à voler les chaînes qu'elle haïssait tant. Je l'imagine pénétrant une nuit dans la crypte de Saint-Johan-de-la-Pierre-Fixte et prévoyant un rendez-vous nocturne au sommet du mont des Avaloirs ...

Rendez-vous! Voilà le mot que je cherchais. En un éclair, les ultimes paroles des goules qui m'ont attaqué me reviennent. Je cligne des yeux en essayant de me rappeler exactement ce qu'elles ont dit, puis je prononce solennellement:

— Le rendez-vous est à la cote 400. C'est ce qu'une des goules a dit à l'autre avant de s'enfuir. (Puis je baisse les yeux.) Mais j'ignore ce que cela signifie...

Mon aveu fait sourire mon compagnon. Ses traits se détendent pour la première fois depuis l'attaque des goules. Il me rassure tout de suite:

— La cote 400? Si elles se rendent au mont des Avaloirs, nous allons les retrouver sans aucune difficulté.

Il se penche pour fourrager dans le secrétaire où il gardait le manuscrit de Villard de Honnecourt.

Il étale une nouvelle carte sur la table. Je me penche sur le fouillis de lignes noires, rouges et oranges. J'y reconnais le tracé des routes environnantes et des courbes de niveau, qui indiquent l'altitude de chaque ligne successive. C'est une carte à grande échelle. Le moindre repli de terrain, le moindre coude d'un sentier est reproduit avec une minutie maniaque. Même les maisons individuelles sont signalées par des quadrilatères noirs.

— Voici une carte IGN, une carte de l'Institut Géographique National. Comme tu vois, le mont des Avaloirs culmine à 417 mètres. La cote 400 indique nécessairement un point tout près du sommet.

Je suis du doigt la fine ligne ocrée qui correspond à la cote 400. Elle entoure la cime sur une longueur de trois ou quatre cents mètres, en pleine forêt. Un sentier la coupe en deux endroits, mais c'est sa seule particularité.

— En voiture, nous y serions en dix minutes, affirme l'abbé. Mais, ensuite, il faudra marcher, et ne pas se faire voir. Note que la nuit, dans les bois, je crains moins d'être surpris que de me perdre. Mais la forêt sur le mont n'est pas si grande. Tôt ou tard, nous en sortirons ou nous arriverons quelque part.

— Eh bien?

Nous nous regardons. L'aventure comporte des risques. Nous ne savons pas sur quoi nous allons tomber, même si j'en ai peut-être une idée plus exacte que mon compagnon. Néanmoins, c'est lui qui parle le premier, une détermination soudaine dans la voix.

— Je veux tirer toute cette histoire au clair. S'il y a des satanistes qui tiennent des messes noires sur le mont des Avaloirs, je veux le savoir. Et si ce sont des goules qui mènent grand sabbat, eh bien, c'est mon évêque qui voudra le savoir.

Je renchéris:

— Goules ou nécromants, je leur dois un coup sur la tête.

L'abbé me prend par les épaules et me fixe des yeux:

— Es-tu bien décidé?

— Oui.

— Tu sais que nous allons sans doute perdre notre temps et notre peine.

— Une promenade dans les bois, dans la pluie et le noir, à la recherche de goules et de nécromants? Mais j'en mange tous les jours, et j'en redemande!

— Dans ce cas, il ne nous reste plus qu'une chose à faire.

— Quoi donc?

Il regarde l'horloge de la pièce. Je m'attends presque à ce qu'il sorte d'un tiroir tout l'attirail d'un exorciste, ou au moins quelque arme qui pourra nous être utile. Ou qu'il m'initie à des rites ésotériques de l'Église, propres à bannir les sorciers et conjurer les esprits malins.

Je suis désappointé.

— Dormir, dit-il. Tu as subi un rude coup, Michel, et nous allons peut-être passer une bonne partie de la nuit sur la montagne. Je vais t'installer sur le canapé.

Ma mine perplexe lui soutire un sourire chaleureux:

— Ne t'inquiète pas, je te réveillerai à temps pour qu'on soit là-bas au crépuscule, à l'heure entre chien et... loup-garou. Inutile de se faire voir dans les parages en plein jour, quand on pourrait nous repérer.

C'est sans doute la solution la plus sage. Ne dit-on pas que les soldats qui font de vieux os sont ceux qui dorment le plus longtemps avant la bataille?

8

Le soir du solstice

Quand il pleut, la forêt grandit. Là où la vue se heurtait aux troncs et aux feuilles des arbres, l'ouïe découvre des immensités. En tendant un peu l'oreille, je capte le crépitement de la pluie dans les branches les plus éloignées. Les bois autour de nous acquièrent des profondeurs insoupçonnées.

En même temps, cette épaisseur même nous étreint comme dans une couverture bien serrée. On étouffe un peu, mais on se sent protégé. Comment les goules pourraient-elles nous trouver dans les nombreux replis de cette forêt? Un rideau de pluie brouille notre vue des échappées plus lointaines.

— Je te suis, hein! dis-je à mon compagnon.

Il m'a fallu du temps pour abandonner le vouvoiement, mais cette équipée à la brunante nous rend complices. J'oublie presque que mon compagnon a vingt ans de plus que moi, les cheveux argentés et le ventre bombé par des années d'aisance. Nous avons quitté le presbytère à vingt et une heures. Qui sait quand nous y reviendrons?

Çà et là, nous patinons un peu dans la boue du sentier. Il n'a pas fallu longtemps pour me désorienter complètement, mais l'abbé m'intime le silence d'un geste du bras. Les sons portent loin en forêt...

Le bruit des gouttes qui tombent ne change pas. Il compose comme un vaste et apaisant murmure. Je m'efforce machinalement d'interpréter le langage de la pluie, des gouttelettes, des rameaux qui s'égouttent, mais je ne distingue que des mots sans suite.

Cependant, le nez dans le dos de mon guide, j'en retire une sourde impression de réconfort. Si j'avais le temps, je m'installerais sous un arbre pour écouter. Bercé par le murmure régulier de la pluie qui tombe, je m'assoupirais sans doute, la tête appuyée contre le tronc, en respirant l'odeur des aiguilles de sapin détrempées...

Le vent se met à souffler sans prévenir. Les branchages agités nous aspergent de giclées d'eau, comme si nous n'étions pas déjà assez mouillés.

— Attends, m'ordonne le prêtre.

Nous avons débouché sur un chemin forestier, sans doute employé par les véhicules de la gestion des Eaux et Forêts. La barrière est tout juste visible à une centaine de mètres de là. La voiture de l'abbé est garée de l'autre côté, hors de portée de notre vue.

— Il n'y a pas de gardes, dit-il en s'avançant.

Les goules n'ont posté personne pour surveiller la barrière. Elles se sentent bien sûres d'elles-mêmes... Au cas où elles en auraient posté, nous avons contourné l'obstacle en empruntant le sentier en plein bois, mais je pensais que nous avions fait plus de chemin que ça!

Mon guide longe la lisière opposée, en examinant soigneusement les troncs d'arbres. Lorsqu'il trouve la balise, il m'appelle d'un signe.

Il m'indique un trait rouge et un trait blanc sur un arbre.

Ils constituent un repère difficile à manquer, même dans la pénombre d'un sous-bois, même par une fin de journée aussi sombre que celle-ci. C'est la balise d'un sentier de grande randonnée, peinte à même l'écorce d'un gros chêne.

Pourtant, il me faut une bonne minute pour identifier l'amorce du sentier en question. Cette fois, je prends la tête, armé d'une lampe de poche. Suivi de l'abbé, je gravis les premiers mètres du chemin, repoussant de la main les branches qui pendent.

Plus il fait noir, plus je me sens nerveux. En remuant les branches des arbres, le vent fait bouger des ombres que j'aperçois du coin de l'œil. Parfois, je tourne brusquement la tête, alerté par un craquement suspect. Peut-être que c'est seulement un animal — un chevreuil qui se gare de la pluie dans un hallier ou un sanglier se vautrant dans sa bauge.

Je m'arrête, j'écoute, au besoin je braque le faisceau de la lampe dans la direction de l'origine du bruit.

Enfin, je crois distinguer une éclaircie au-devant de nous. L'instant d'après, j'éteins ma lampe de poche et je m'immobilise. Il y a du monde là-bas. Le prêtre manque de me renverser, puis il voit lui aussi la lumière vacillante des torches.

— Je viens de regarder ma montre, murmure-t-il. Le soleil n'est pas encore couché. Nous sommes à temps.

— Quittons le sentier.

Je me sens mal à l'aise sur cette piste si clairement portée sur les cartes. Je crains d'être pris à revers par des goules arrivant en retard. Maintenant que les torches sont là pour nous guider, mieux vaut s'écarter un peu.

— Tu as raison, mais ne nous pressons pas. Une chute est vite arrivée.

Sans répliquer, je plonge dans le sous-bois. Nous écartons des fougères dégouli-nantes, des ronces tenaces, des arbrisseaux dont les rameaux les plus fins sont presque impossibles à voir... Je crains de faire tant de bruit que les goules seront alertées, mais le vent se lève providentiellement.

La bourrasque qui s'abat sur le mont des Avaloirs apporte un air plus frais, arrivé de l'Océan qui est à moins de cent kilomètres vers l'ouest. Nous profitons en hâte de son tapage — lamentations interminables, hurlements stridents, sifflements subits et râclements de branches entraînées dans une danse inattendue.

Les torches brûlent plus loin que nous ne l'avions cru, mais nous finissons quand même par nous faufiler jusqu'aux abords du lieu choisi par les goules.

Un amoncellement de pierres se dresse au-dessus de l'espace dégagé, comme une caricature de falaise. Au pied de l'entassement rocheux, une cavité dessine une bouche d'ombre. De vagues reflets me font croire qu'elle

sert pour l'instant de refuge aux futurs offi-
ciants.

— Que vois-tu? me demande le prêtre derrière moi.

Je tremble sans pouvoir répondre.

À l'ombre de la face rocheuse, une jeune
fille est couchée sur le sol au centre du cercle
de torches. Elle a tourné la tête pour éviter de
recevoir les gouttes de pluie en plein visage.
Elle a les yeux fermés, comme si elle dormait.
Ses chevilles et ses poignets sont emprison-
nés par de lourdes chaînes d'un gris plombé.
Chaque chaîne est ancrée à un piquet planté
dans le sol détrempé.

Un instant, je perds pied, tiraillé entre le
passé et le présent. N'ai-je pas Aquiline en face
de moi? À la faveur de la lueur fantasque des
torches, la peau de la captive paraît blême et
ses cheveux sont si noirs qu'ils disparaissent
dans l'ombre.

— L'envoûtement va commencer bientôt,
me chuchote le prêtre. Là-bas, derrière les
nuages, le soleil touche à l'horizon en ce moment même.

Il a dû regarder de nouveau l'heure à sa
montre, car il fait si noir déjà que la nuit pourrait être entamée depuis des heures.

Le vent active les flammes des torches et j'aperçois alors quelque chose qui me fait frémir.

Des fragments de ce qui pourrait passer pour du bois mort sont posés dans l'herbe autour de la prisonnière. Fugitivement, je distingue un crâne luisant déposé près de la tête de la jeune fille.

Ce sont les ossements récupérés par les nécromants!

Une voix profonde entonne:

— Honorables compagnons du Très Haut et Très Noble Ordre des Prieurs, appelons ensemble les vieilles puissances tutélaires. Rendons hommage à notre mère la Terre et à notre père le Grand Serpent. Qu'ils nous accordent cette nuit d'enrôler au service de notre cause un esprit des sphères célestes, un esprit de la plus haute origine, un esprit tombé bien bas par soif de vengeance et d'aise humaine. Qu'ils nous accordent de remplir le réceptacle que nous lui offrons.

Se détachant de l'obscurité, une forme encapuchonnée vient d'apparaître et de se poster à quelques pas de la tête de la captive. Une cape sombre flotte autour d'elle, fouettée par le vent.

Le nouveau venu a dû émerger de l'anfractuosité, mais je ne l'ai pas vu en sortir. Sa présence soudaine a quelque chose de magique.

Je cligne des yeux. L'esplanade est désormais occupée par une assemblée qui est apparue aussi brusquement que si elle était surgie de l'herbe mouillée. La lumière affolée des torches se bute à leurs capes noires sans pour autant les illuminer. S'ils ne bloquaient pas ma vue des arbres ou du surplomb rocheux, ils resteraient presque invisibles.

La même voix profonde reprend, si forte qu'elle efface un instant le cri du vent:

— Qui scellera la première chaîne?

Je m'aperçois alors que les bracelets sont refermés sur les poignets et chevilles de la captive, mais qu'il manque les écrous qui permettraient de les tenir fixés. Si la jeune fille dort, c'est sans doute d'un sommeil obtenu par une drogue... ou un envoûtement.

Une silhouette se détache de l'assemblée et repousse son capuchon, laissant la pluie ruisseler sur son visage.

— Moi, Caroline Chouquet, je donne de mon sang de lézard, aussi vieux que les pierres.

Je sursaute. Même à la lueur des torches, je peux voir que ce visage n'a pas la pâleur cadavérique qui est censée être le propre des goules.

Cette femme sans âge s'accroupit, puis déchire de ses propres dents la paume de sa main droite. Elle referme ses doigts ensanglantés sur l'anneau qui termine la première chaîne. Quand elle retire sa main, vite lavée par la pluie, les deux parties du bracelet de pierre sont désormais soudées.

— Qui scellera la deuxième chaîne?

Cette fois, c'est un homme qui s'avance, répondant à l'appel.

— Moi, Victor Boileau, je donne de mon sang de dragon, aussi vieux que les mers.

Il procède à la même cérémonie que la précédente.

— Ils sont fous, je murmure, si bas que même mon compagnon ne m'entend pas.

D'ailleurs, je sens que l'abbé est fasciné par ce rituel. Il a rampé sur le sol moussu pour se rapprocher de moi. Je le dérange du coude:

— Hé, il faut faire quelque chose, sinon il sera trop tard.

Cette fois, il m'entend. Il dresse la tête, examinant avec une attention renouvelée tout ce que nous pouvons voir des lieux choisis par les nécromants. Puis, il secoue la tête et confesse son indécision:

— Je ne sais pas... Ils sont si nombreux...

De colère, je mords mes lèvres jusqu'au sang. Mais il dit vrai: nous n'avons pas la moindre arme et nous ignorons de quels pouvoirs disposent ces inconnus. Si ce ne sont pas des goules, je n'arrive pas à croire qu'ils sont tout à fait humains.

Le troisième bracelet est scellé par le sang d'un garçonnet, qui a revendiqué du sang de Léviathan, aussi vieux que la Lune.

La captive pousse alors un gémissement.

— Michel, geint-elle. Michel, sauve-moi...

Elle a ouvert les yeux, apparemment incapable de bouger autre chose que ses paupières et sa bouche. L'envoûtement est presque complet. Dans quelques instants, Aquiline sera prisonnière de ce nouveau corps.

Je baisse la tête et je pleure d'impuissance. Mes doigts crispés fouillent la terre, se heurtent à une pierre, égratignent une racine... Je refuse de voir la suite du rituel.

Soudain, l'abbé Gandelain se rapproche de moi pour chuchoter:

— Le crâne! J'aurais dû penser à apporter un marteau. Le crâne est la clé qui ouvre... et qui ferme le portail!

L'espoir me soulève de terre avant même que je comprenne ce que je veux faire. Le temps s'est ralenti, car j'ai l'impression de voir les flammes osciller avec une lenteur languissante, de voir des têtes encapuchonnées se relever sans hâte aucune, de couvrir la distance qui me sépare d'Aquiline en décrivant des foulées de géant.

En même temps, je crie à m'en rompre les cordes vocales:

— Aquiline! Souviens-toi d'Agnan le devineur! Souviens-toi des jambes qu'il t'a rendues!

Et profitant de la stupeur momentanée de l'assemblée, je bouscule un nécromant, puis je m'élance à l'intérieur du cercle des torches. Je dérape sur la terre détrempée et je me retrouve sur le cul, à portée de main d'Aquiline.

— Regarde-moi, enfant, profère une voix sifflante derrière moi.

Je ne l'écoute pas. De toutes mes forces, j'abats sur le crâne la pierre que j'ai prise.

Un instant, je crains d'avoir échoué. Ma pierre a défoncé le sommet du crâne, mais il n'y a pas d'autre dégât apparent. Et le coup n'est suivi d'aucun effet. Aquiline continue de se tordre dans ses chaînes, tandis que les nécromants, pataugeant un peu dans la boue, finissent de m'entourer.

Cependant, comme si j'avais déclenché un compte à retardement secret, le crâne commence à se craqueler. J'ai tout juste le temps de lever un bras devant mon visage. Le tissu osseux, desséché par le temps, vole en éclats, comme s'il avait été soumis à une tension trop forte pour lui.

Je ferme les yeux. Des esquilles d'os criblent l'étoffe de mon manteau, éraflent mon menton, lacèrent la peau de ma main, se perdent dans les airs...

Un grand silence se fait. Je m'aperçois que je respire plus facilement qu'un instant auparavant, lorsque la magie noire épaississait jusqu'à l'air dans mes poumons.

Quand je rouvre les yeux, le cercle des nécromants s'est resserré autour de moi et de la jeune fille enchaînée. Mais je ne me soucie pas de rencontrer leurs regards, leurs terribles regards, et je me tourne plutôt vers la captive.

Ai-je libéré l'âme d'Aquiline?

Ou son fantôme hante-t-il encore le corps féminin sous mes yeux? La jeune fille a refermé les yeux et son corps est redevenu inerte.

Par contre, une lumière nouvelle émane des restes osseux disposés autour d'elle. En quelques secondes, ces os noircis par le temps se mettent à rougeoyer comme des tisons tirés d'une fournaise. Ils brillent de plus en plus fort, aussi éclatants que le soleil pendant quelques instants. Avant de s'évanouir en fumée, ils atteignent un degré d'incandescence qui imprime la forme de chacun au fond de mes rétines.

Ébloui, je reprends mon souffle. Les nécromants titubent, blessés eux aussi par cette lumière trop vive. Je veux en profiter pour fuir et je tends la main vers Aquiline, en oubliant qu'elle est enchaînée.

Mais les chaînes de saint Léonard ne sont plus! Quand je les regarde, j'ai tout juste le temps de voir les bracelets et maillons liquéfiés couler comme une boue noire, puis se confondre avec la terre grasse déjà imprégnée de pluie.

Aquiline n'a pas esquissé un geste pour se lever. Son corps se tord, comme si elle était en proie à une souffrance terrible. Est-elle victime d'un nouveau sortilège, encore plus affreux que les précédents?

Ce n'est pas le cas. Je ne saurais décrire ce qui se passe ensuite, mais j'entends un son innommable, qui est celui de la cage thoracique d'Aquiline s'ouvrant comme les volets d'une maison. Sa blouse se déchire telle un chiffon de papier. Alors, dans une explosion lumineuse et sanguinolente, un aigle noir jaillit des tréfonds de la poitrine de la jeune femme.

L'oiseau royal est immense, si grand que je ne comprends pas comment il a pu nicher dans le torse étroit de la captive. Il tournoie dans les airs et, d'un coup d'aile, il éteint toutes les torches.

— Lève-toi, Michel, dit soudain Aquiline. Mon aigle nous protège, mais nous devons partir maintenant.

Sa poitrine béante s'est refermée, faisant tressauter les seins tachés de sang. La fenêtre un instant ouverte est de nouveau cadenassée et la blouse s'est recousue toute seule.

Encore abasourdi, je ne réagis pas tout de suite.

— Par ici! nous crie l'abbé Gandelain.

L'aigle voit dans le noir, sans doute, car je l'entends repousser les nécromants. Mais je suis bien heureux de voir la lueur de ma lampe, récupérée par le prêtre, qui éclaire le sol à nos pieds.

Aquiline me prend par la main. (Ou est-ce le contraire?) Et nous nous empressons de suivre Gandelain. La chance ou l'instinct lui a fait choisir un sentier qui descend le mont des Avaloirs. Espérons qu'il nous mène dans la bonne direction.

— Je n'y croyais pas, je n'y aurais jamais cru, répète tout bas l'abbé.

Le faisceau de sa lampe éclaire les détours du sentier que nous avons emprunté. Je ne sais pas comment il se retrouve. Il a dû mémoriser la carte IGN de cet après-midi, car il choisit sans se tromper les embranchements qui nous ramènent vers la voiture.

— Et ton aigle? je demande à Aquiline. Faut-il l'attendre?

— Ils auront bien vite raison de lui, dit-elle en poussant un soupir. Je ne le reverrai plus.

Je n'insiste pas.

Le vent s'est apaisé. Bientôt, j'ai l'impression d'entendre les bruits lointains d'une poursuite qui s'organise. C'est avec une certaine surprise que je constate que le ciel s'éclaircit. Le vent a commencé de disperser les nuages et les branches découpent des formes anguleuses sur le fond plus clair du ciel.

Nous découvrons enfin le chemin forestier que Gandelain et moi connaissons déjà.

— Courons! jette l'abbé en donnant l'exemple.

En dépit des ornières et des irrégularités du sol, nous pouvons courir avec plus d'assurance que dans l'étroite sente de la forêt. Je ne m'en prive pas, tirant Aquiline par la main et dépassant vite le prêtre essoufflé.

— La barrière? je crie sur le ton d'interrogation.

— On passe! me lance l'abbé. Par dessus ou par dessous.

À quelques mètres de là, elle nous barre le chemin, mais elle ne nous fait plus peur. Porté par l'élan de ma course, je saute par-dessus, tandis qu'Aquiline se penche pour se glisser sous le cadre inférieur. Elle en émerge maculée de boue, mais souriante.

Quant au prêtre, il se contente d'illuminer le point d'appui de la barrière, puis de soulever la poutre pour la faire pivoter de quelques degrés. En rentrant un peu sa bedaine, il passe par l'espace ainsi libéré sans avoir à faire d'acrobaties.

— C'était pas fermé? je m'exclame.

— Plus tard, les évidences!

Il montre du doigt la voiture dont je distingue désormais la forme un peu plus loin, à moitié cachée par un tournant du chemin.

Heureusement, nous n'avons pas verrouillé les portières et je peux tout de suite ouvrir la mienne.

Je pousse Aquiline devant moi sur la banquette arrière, tandis que l'abbé s'installe à la place du chauffeur. La première fois que Gandelain tourne la clé, le moteur ronronne, puis s'étouffe, enrayé. La seconde fois est la bonne.

Je respire, puis je me demande si la voiture d'un curé a même le droit de tomber en panne quand elle a un ancien archange pour passager.

9

La nuit de Carrouges

La voiture démarre en catastrophe, faisant jaillir une véritable trombe d'eau et de boue. Par la fenêtre arrière, je crois distinguer les formes sombres de nos poursuivants qui débouchent au milieu du chemin forestier. Je murmure:

— Juste à temps.

À côté de moi, Aquiline reste muette. Elle contemple avec un certain ébahissement l'intérieur du véhicule, palpe le matériau élastique de la banquette, se rejette en arrière quand elle voit les troncs illuminés par les phares se précipiter à notre rencontre.

— Quelle merveille! lance-t-elle avec ardeur.

On a beau être un fantôme vieux de plusieurs siècles, la première balade en voiture n'en est pas moins un événement mémorable.

Moi aussi, je m'accroche. Gandelain conduit à toute allure. La voiture tressaute dans les ornières et les pneus patinent dans les virages qu'il prend à une vitesse démentielle. Si ça continue, Aquiline risque de redevenir une âme en peine... et d'avoir de la compagnie cette fois.

— Nous ne pouvons pas retourner à Pacé, dis-je, les dents serrées. Même s'ils ne nous ont pas reconnus, ces nécromants vont tout de même se douter que je suis mêlé à l'affaire. Et qui sait s'ils n'ont pas déjà repéré la maison où je me suis arrêté cet après-midi.

— J'y pensais, Michel.

La voiture débouche sur une départementale et fait une embardée sur l'asphalte mouillée. Un des pneus glisse sur l'herbe de l'accotement.

Le prêtre redresse le véhicule au dernier moment. Pendant quelques instants, nous filons sur la route sans dire un mot, trop occupés à reprendre notre souffle.

Gandelain dit enfin:

— J'ai un ami qui est gardien du château de Carrouges, à dix minutes d'ici. Je lui rends parfois visite la nuit. Une fois à l'intérieur, je mets au défi ces nécromants, ou ces goules, ou je ne sais quoi, de nous rejoindre. Le château est entouré d'eau et il pourrait encore soutenir un siège, même s'il n'est plus qu'un musée.

— D'accord, dis-je, comme si nous avions le choix.

Je laisse le prêtre conduire, un peu rassuré de renouer avec un monde qui m'est familier. Le ruban asphalté, les voitures qui nous croisent, les maisonnettes qui se dressent au bord de la route, tout tend à estomper l'étrangeté de cette nuit. Même le souvenir de cette vision d'horreur — le corps d'Aquiline déplié comme celui d'une poupée éventrée, l'aigle noir qui s'en arrache dans un éclaboussement de sang artériel — perd de sa force initiale.

Désormais, je ne doute plus. La magie existe. Il suffit de s'éloigner un peu des routes familières...

Au bout d'un moment, je me tourne vers Aquiline:

— Euh... qui est cette fille?

Du geste, je désigne sa personne. C'est la première question qui me vient à l'esprit. Je suis intrigué par ce corps d'emprunt. Excité aussi. Je ne peux m'empêcher de lorgner la poitrine moulée par le chemisier, que j'ai entrevue tout à l'heure.

Est-ce une complice des nécromants qui a accepté de prêter son corps pour une période indéterminée? Est-ce une victime dont l'esprit a été effacé?

Ou les nécromants auraient-ils fabriqué ce corps de toutes pièces, comme le monstre de Frankenstein? À moins qu'ils l'aient tiré de la boue du mont des Avaloirs en le transformant par magie?

Aquiline hausse les épaules:

— Une pauvre idiote qu'ils ont ramassée dans un hospice pour les gens comme elle. Il n'y a presque rien dans sa tête. Je ne sais même pas si elle se rend compte que je suis là. Peut-être croit-elle rêver...

Le ton légèrement méprisant refroidit mes élans de sollicitude. Ai-je eu raison de faire confiance à un fantôme à la légende aussi trouble?

— Tu es dure.

— Elle est sûre de se réveiller demain matin, réplique Aquiline. Pas moi. As-tu oublié que l'envoûtement est incomplet? Le sortilège qui me lie à ce corps se dissipera dès le matin venu.

— Tu ne peux pas user de ta propre magie?

Elle secoue la tête tristement:

— J'ai consumé toute ma magie pour nous sauver... Ce qui restait de mon pouvoir était dans ces os qui sont partis en fumée. Et dans l'aigle de mon cœur, que j'ai sacrifié pour couvrir notre fuite.

J'ai envie de lui demander si l'aigle de Michaël le Bras du Seigneur a toujours été aussi noir, mais je tiens ma langue. La prudence me l'ordonne. Je change donc de sujet:

— Peux-tu nous dire qui étaient ces gens, là-bas sur la montagne des goules?

Aquiline esquisse un sourire terrible:

— Inutile d'avoir peur. Ce ne sont pas les mange-cadavres que tu redoutais. Ils sont d'une espèce plus ancienne que la vôtre. Ils craignent le soleil comme les goules capucines, car il a un certain pouvoir sur eux, mais tu ne les verras pas verser des larmes de sang.

— Que sont-ils, alors?

Elle reste muette. La fatigue est gravée sur ses traits et je me dis que ressusciter d'entre les morts doit être aussi éprouvant que mourir.

La voiture quitte alors la route secondaire qui mène à Carrouges et nous dévalons une route encore plus petite, absolument déserte à cette heure. Des haies fournies nous cachent le paysage jusqu'à l'entrée du domaine.

L'abbé sort de la voiture sans perdre un instant et tire de sa poche une clé qui lui sert à ouvrir le portail. Il reprend le volant le temps de faire pénétrer le véhicule à l'intérieur et de le garer tout contre la haie, de manière à ne pas être visible de la route.

Je débarque à mon tour de la voiture, foulant le gravier mouillé avec le plaisir qu'on imagine. Quand on a des fourmis dans le dos depuis presque une heure, parce qu'on redoute de sentir une goule ou un nécromant se jeter sur soi, se savoir en sécurité est un sentiment sans prix. Des muscles que j'avais oubliés de décrisper se détendent d'eux-mêmes et j'ai soudain l'impression qu'il entre plus d'air dans mes poumons.

— Admirez! lance Gandelain en arrivant devant le château de Carrouges.

Même si des étoiles luisent dans le ciel, les conditions ne s'y prêtent pas. Dans l'obscurité, c'est à peine si je devine une masse sombre, aux contours nets et angulaires. Je sens aussi l'odeur propre aux eaux stagnantes, qui monte des douves à nos pieds, et je manque éternuer.

D'ailleurs, c'est seulement lorsque le prêtre rallume la lampe que je constate que le château doit être construit en briques. Le rond lumineux éclaire un pan de mur entièrement fait de briques d'un rouge fané. Mais nous sommes arrivés sous le porche et Gandelain sonne à la porte.

— Éteignez ça! souffle Aquiline subitement. Pas un bruit!

Qu'a-t-elle senti? L'abbé n'est plus aussi incrédule qu'avant, car il obtempère aussitôt.

Nous nous perdons aussitôt dans les ombres du porche.

Trois voitures débouchent alors sur la route que nous avons prise et passent à toute allure devant l'entrée du domaine. Il leur est absolument impossible de voir l'automobile du prêtre, garé hors de leur vue, ou nos propres personnes. Mais je tremble quand même, aussi certain qu'Aquiline qu'il s'agit de nos poursuivants.

Au bout d'un moment, la jeune femme dit:

— Ils ont dû se disperser pour explorer toutes les routes de la région. Ils ne nous trouveront jamais!

Peu de temps après, le gardien du musée répond enfin aux sonneries répétées de l'abbé. Les deux hommes se retrouvent avec un tel plaisir que le prêtre n'a pas besoin de justifier notre présence. Pendant que les deux amis font un brin de causette, nous sommes libres de nous promener dans le château.

Nous commençons par traverser la cour intérieure et je vois Aquiline lever la tête pour regarder les étoiles.

— C'est ma dernière nuit en ce monde. (Elle soupire.) Ce n'est pas trop tôt.

— Que t'arrivera-t-il au lever du jour?

— Je ne sais pas, Michel.

— Abandonneras-tu le corps de cette pauvre fille?

— Cela ne dépend plus de moi. Le jour venu, les esprits mauvais qui règnent la nuit se dissipent. Plus aucun sortilège ne me lie à ce corps, car j'ai dépensé tout ce qui restait de ma magie sur le mont des Avaloirs. Quand le matin poindra, je verrai bien ce que je suis devenue.

Je crois saisir qu'il entre une part de jugement dans ce qui l'attend. Si on a pitié d'elle, elle rejoindra peut-être le ciel qu'elle a quitté il y a longtemps. Sinon, si elle est jugée et rejetée sans rémission, la lueur du jour signifiera de nouveau son bannissement du monde des vivants et du monde des anges.

— En es-tu sûre?

— De mon temps, les ermites étaient muets la nuit. Ils avaient peur d'attirer les démons en parlant. Et surtout de laisser entrer des esprits mauvais dans leur corps par leur bouche ouverte...

— Qu'as-tu fait pendant tout ce temps? Dix siècles...

— Rien. Ou le mal. Ou le bien. N'importe quoi pour me désennuyer.

— Tu as fait le bien?

— Pas besoin de faire l'étonné! Ni sainte ni démone ne suis. Je me suis défendue quand on m'y a obligée, mais j'ai aussi essayé d'aider ceux qui le méritaient.

La première porte que je pousse donne sur une vaste pièce presque dénuée de mobilier. Au fond, une cheminée surmontée d'un blason sculpté. Le long des murs, quelques armures de la fin du Moyen Âge et des vitrines occupées par des sceaux et des livres anciens.

— Comme par exemple?

Le ton de ma question est mordant; c'est ainsi que j'essaie de dissimuler l'émotion qu'elle m'inspire. Elle ne répond qu'après avoir caressé le métal terni des armures:

— Je me souviens d'un page au château de Nigelle, au temps de Jeanne d'Arc. Un vrai garnement! Il avait volé le crâne d'Aquiline dans le reliquaire de Saint-Jacques-de-l'Aumosne. J'étais attirée comme par un aimant...

Elle esquisse un sourire:

— J'ai sauvé Colin quand les Anglais ont assiégé le château. Ils avaient mis le feu au donjon et les planchers brûlaient. Tout risquait de s'écrouler. Le petit Colin et trois soldats se sont retrouvés au sous-sol du donjon, d'où partait un passage secret qui pouvait tous les sauver. Les sergents tenaient à passer les premiers, et ils comptaient bien fermer la trappe derrière eux pour ne pas être poursuivis par les Anglais. Tant pis pour Colin! C'est alors que je leur suis apparue. J'ai acculé les soldats dans un coin du sous-sol pendant que Colin s'enfuyait. Je crois que ces trois crapules étaient encore là lorsque les planchers se sont effondrés...

— Et le crâne?

— Oh, Colin l'a rendu en secret à Saint-Jacques-de-l'Aumosne. Sans le savoir, il m'a condamné à des siècles d'ennui. Ce n'est pas gai, une église.

Elle pousse un soupir. Mais l'expression de tendresse qui illumine son visage prouve qu'elle n'est plus entièrement la Dame Blanche d'autrefois, la reine cruelle d'outre-monde.

Dans la pièce suivante, les murs sont ornés de tableaux d'époque. Ceux-ci m'inspirent une question:

— Mais comment se fait-il que tu t'es manifestée si vite dans le presbytère de Pacé? Étais-tu attirée par la chaîne dans mon sac? Ou avais-tu une autre raison de hanter le village?

— Le tableau, murmura-t-elle, le tableau dans la cuisine...

— Oui?

— Ce n'est pas la première fois que ces nécromants essayaient de m'invoquer. J'ai déjà eu l'occasion de croiser cette Caroline Chouquet, même si elle ne s'appelait pas ainsi à l'époque... Au siècle dernier, elle a essayé de m'appeler en peignant ce tableau, à deux pas du reliquaire de Saint-Jacques-de-l'Aumosne. Ça n'a pas marché, mais le tableau exerçait une attraction indéniable sur moi, même quand il a abouti à Pacé.

— Tu faisais la navette entre Nigelle et Pacé?

— C'était beaucoup plus douloureux que ça... À force d'être déchirée entre les deux, il ne restait pas grand-chose de moi ces derniè-res années...

— Mais tu as réussi à m'appeler quand même.

— J'en aurais peut-être été incapable si tu ne t'appelais pas Michel, comme l'archange. Je veux croire que tu m'as été envoyé en signe de pardon...

— Je ne suis l'envoyé de personne. C'est le hasard qui m'a mêlé à cette affaire!

— C'est ce que tu crois, dit-elle, mais le hasard lui-même est au service de puissances plus anciennes que les goules ou moi-même...

Elle jette un coup d'œil machinal par la fenêtre, mais il fait toujours nuit noire dehors. La nuit du solstice a beau être la plus courte de l'année, elle n'est encore qu'à demi-enta-mée.

Nous nous arrêtons devant le tableau d'un seigneur aux riches habits de cour. Je me ravise en me penchant pour lire l'inscription placée sur le mur à côté du cadre: ce n'est pas un noble, mais un homme d'Église.

Jean Le Veneur, évêque de Lisieux. L'expression avide de ses traits me déplaît. En lisant le reste de l'inscription, je découvre pourtant que, sans lui, la France n'aurait pas découvert le Canada. C'est lui qui a présenté Jacques Cartier au roi François 1er, deux ans avant le premier voyage de Cartier. La rencontre a eu lieu à Saint-Malo, mais le château de Carrouges était déjà dans la famille de l'évêque à cette époque.

— Saint-Malo... dis-je. Je voulais y aller quand j'ai commencé ce voyage. Ça me fait tout drôle de trouver ce tableau ici. C'est comme un signe que je suis sur le bon chemin.

Ma compagne hoche la tête:

— C'est vrai, tu devrais retourner dans ton pays. Et m'oublier. C'est la meilleure solution.

— Je ne veux pas t'oublier!

Mon cri du cœur ne l'ébranle pas.

— C'est ma dernière nuit, reprend-elle calmement. Et si ce n'est pas la dernière, c'est la première d'une nouvelle vie. Consentiras-tu à me laisser seule pour quelques heures?

Insister lui déplairait, je le sens. J'examine le mobilier de la salle et je lui indique un large banc:

— Je vais me reposer ici quelques instants. Reviens me chercher quand tu seras prête. D'accord?

— Promis.

J'étouffe un bâillement, certain d'être trop surexcité pour dormir longtemps.

Je m'allonge sur le banc au bois raviné par l'humidité. Un coussin emprunté au gardien me sert d'oreiller. Après les émotions et les fatigues de la journée, je n'ai aucun mal à m'endormir. J'ai un peu lutté pour garder les yeux ouverts, mais il a suffi qu'ils se ferment une seconde... Peut-être que je sens un baiser sur mes lèvres, ou peut-être suis-je déjà en train de rêver lorsque je crois entrevoir Aquiline qui se redresse.

C'est l'abbé Gandelain qui me réveille à l'aurore.

— Elle est partie.

Je n'arrive pas à réprimer une grimace chagrinée. J'ai peine à imaginer le corps sans âme que la disparition d'Aquiline aura laissé. Je redoute un peu de rencontrer cette jeune femme retombée dans son imbécillité première maintenant qu'Aquiline ne l'anime plus.

Le prêtre me corrige:

— Non, tu as mal compris, Michel. Elle a disparu. Je ne sais pas comment elle a fait, puisque nous avions refermé la porte, mais Aquiline est partie, toujours aux commandes de son corps d'emprunt. Peut-être qu'elle voulait ramener le corps qu'elle occupait à l'endroit d'où il venait, avant de s'en dissiper...

J'esquisse un sourire. A-t-elle constaté qu'elle n'était ni pardonnée ni condamnée? Qu'on lui donnait une autre chance? Et je m'exclame:

— Ou peut-être a-t-elle compris qu'elle allait rester parmi nous.

L'espérance a réchauffé mes veines. Par acquit de conscience, je visite tout le château, des caves aux combles, avant l'ouverture du musée. Mais aucun fantôme ne hante ce château, surtout par une aussi belle matinée de juin. De la cour intérieure, je regarde le ciel au bleu lavé par les pluies de la veille et je souhaite que son aigle l'ait emportée.

Épilogue

15 février 2000, Cap-Fantôme

Chère Stéphanie,

La Dame Blanche a promis de revenir me chercher quand elle serait prête. Souvent, je me demande combien il lui faudra de temps pour se décider. Je me dis parfois que j'aurais dû saisir l'occasion de l'embrasser, lorsque nous étions seuls dans le château de Carrouges.

Mais un baiser n'est pas une chaîne. Et je suis heureux de n'avoir pas cherché à la retenir. De la savoir quelque part sur cette Terre me suffit. Maintenant, ce n'est ni un tableau ni un château qu'elle hante, mais tous les lieux où je passe. À cause d'elle, le monde me semble plus beau, car il pourrait me parler d'amour à tout moment...

Encore une lettre que je ne t'enverrai pas. Et celle-ci, je n'aurais pas dû l'écrire. Mais la vérité étouffe parfois d'être gardée au fond du cœur. Comme les aigles noirs.

Aujourd'hui, je t'appartiens encore,

Michel

Table des matières

DU MÊME AUTEUR
DANS LA MÊME COLLECTION

Aller simple pour Saguenal
Les voleurs de mémoire

Série «Les mystères de Serendib»:

Les rescapés de Serendib
Le prisonnier de Serendib
Les princes de Serendib
Des colons pour Serendib
Fièvres sur Serendib

Série «Les saisons de Nigelle»:

Un printemps à Nigelle
Un été à Nigelle
Un hiver à Nigelle
Un automne à Nigelle

Série «L'Ère du Nouvel Empire»:

Un trésor sur Serendib
Les bannis de Bételgeuse
Les Contrebandiers de Cañaveral

Collection
Jeunesse - pop